JN122844

キリシタンのはなし

柿崎 一 著

鉱脈社

目次

キリシタンのはなし

天正遣欧少年使節
それからの四人

序

五年ぶりに再会した恩師アレシャンドロ・ヴァリニャーノとともに、ポルトガルのアジアの拠点ゴア（インド西海岸中部）を一五八八（天正十六）年三月二十七日に発った遣欧使節一行は、途中マラッカで長旅の疲れを癒しつつ、故国を目指し最後の寄港地マカオに向かう手筈を整えていた。マラッカ、マカオから長崎へは安定した船旅が予想され、苦難の航海を乗り越えた安堵感からであろう、伊東マンショ・千々石（ちぢわ）ミゲル・原マルチノ・中浦ジュリアンの四人の表情は明るく和らいでいた。

一方、遣欧使節の立案者ヴァリニャーノは、少年たちがローマ教皇との謁見を果たし、スペイン・ポルトガル両国の国王フェリペ二世の手厚い持て成しや、欧州各地の貴族・貴顕の歓迎ぶりを知って、当初の目的を達成することができたと胸を撫で下ろしていた。そして、四人が一人も欠けることなくゴアに到着したことを喜んだ。というのも、無事の帰還を条件に母親や親族を説得して彼らを送り出したからである。

言うまでもなく、当時の欧州へは帰還もおぼつかぬ厳しい航海が予想され、況してやインド管区長というゴアでの新任務を拝命し、少年たちを引率できなくなったヴァリニャーノは、彼らの帰国を祈るような思いで待っているしかなかったのだ。

だが、ヨーロッパにおける使節への歓迎と破格の栄誉が、日本におけるイエズス会の布教活動の立て直しにとって不可欠の、教皇の理解と財政的援助の証と確信できる。且つその立役者である四人の元気な姿を目の当たりにすれば、ヴァリニャーノの胸中に新たな挑戦への意欲が沸き起こったのも当然のことといえた。

思い起こせば、イエズス会総長メルクリアンから東インド巡察師という役目を仰せ付かり、島原半島南端の口之津に着いたのが、一五七九（天正七）年七月二十五日であった。彼の職責である東インド管区とは、アフリカ東部のモザンビークから極東の日本に及ぶ地域である。

だが、総長の名代として大いなる権限を持つ巡察師という名誉ある役職を引っ提げ、新天地での布教活動の更なる発展を胸に秘め、日本に上陸したヴァリニャーノを待ち構えていたのは厳しい現実であった。

フランシスコ・ザビエル来朝以来三十年が経過し、宣教師たちの努力によって布教は着実に成果を収め、いまや西日本には十数万人ものキリシタンが誕生している。その中には大友宗麟・大村純忠らの大名や貴人・有力武士が含まれ、教会の前途は明るいと宣教師たちは日本通信で語っていた。

ザビエルが讃辞し予言したように、日本人は改宗へと歩を進めているはずであったが、ヴァリニャーノの来日当時の日本教会は惨憺(さんたん)たる状況であった。ザビエルが布教活動に邁進していた頃に比べ退潮傾向は覆い難く、キリシタンの大部分は西九州の一部地域に集中しているだけであったからだ。

改宗の実態にも問題がある。在日イエズス会責任者であるカブラル布教長は日本人の集団改宗は宗教的熱意からではなく領主の命令によるもので、ポルトガルとの交易による利益のために領民を改宗させているに過ぎぬと指摘していた。この指摘は間違いとは言えなかったが、布教長の日本人に対する偏見と悪意が根底にあったことは否めない。

カブラルは日本人を「傲慢で貪欲且つ偽装的」と批判・嫌悪し低俗な国民と決め付け、西洋の学問を伝授すべきではないとの姿勢を貫いていた。当然の結果として、日本人修道士に対してはポルトガル語の学習を許さず、司祭への昇進を妨げようとラテン語の研修を禁じていた。また、彼は日本の風習に馴染めず、却ってこれを軽蔑すること甚だしく、自らの衣食住についても頑迷に欧風を固持していた。

このような姿勢が災いし教会内部は円滑にいっていなかった。日本人修道士は宣教師の独善的態度を嫌っていて、南蛮人との間には反感と秘めたる憎悪が渦巻き、冷ややかな空気が充満していた。

それに加えて、イエズス会宣教師が頼りとする大名たちはいずれも苦境にあり、それが一層重苦しい雰囲気を醸(かも)し出していた。熱心なキリシタンである大村純忠は周辺諸侯から絶えず攻撃に晒(さら)され、島原の有馬義貞はキリスト教に改宗後、一年も経たぬうちに病死していた。九州北部で覇を唱えていた大友宗麟も、改宗した四か月後に島津氏との耳川の合戦に大敗を喫し、没落の一途を辿り始めるという有様であった。

評判とは大きく異なる現実にヴァリニャーノは困惑したが、冷静に欠陥の本質を見極めようとした。まず手始めに日本在住の宣教師の意見を聞き、信徒の助言を求めて各地を視察することにした。当時、日の出の勢いであった織田信長と親しくなったのもこの時期のことである。

次いで、崩壊の危機にある大名の立て直しを図ろうと対策に取り掛かった。喫緊の案件は龍造寺隆信の侵攻に苦しむ有馬義貞の跡を継いだ子息晴信の支援であったが、有馬の問題は鉄砲・火薬を供給することで解決できた。大量の軍事物資を送り込み、それで有馬勢は敵を撃退し危機を脱した。晴信がキリシタンとなったのはヴァリニャーノへの感謝の念がきっかけであったという。

　苦境に喘ぐ大名たちには鉄砲などの武器を供与することで体制を立て直し、崩壊を食い止めることができたが、問題は教会を覆う芳しくない雰囲気をどう払拭するかであった。このような状況は沈滞傾向に拍車を掛け、信徒の離反を招くとともに、教会の財政不安を拡大させる一因ともなっていたが、宣教師や日本人修道士からの意見聴取等によって、原因は布教長の誤った基本方針にあると認識するに至った。

　カブラルとその追従者のあからさまな差別主義が日本人との間に溝をつくり、反感と憎悪を助長してきた。それを本来あるべき姿にするにはカブラルを解任して教会の体制を一新し、宣教師と日本人との間には差別のないことを証明しなければならない。それも口約束ではなく、実証して不信感を払拭する必要に迫られていた。将(まさ)に巡察師にとって教会の立て直しが急務となっていたのである。

　差別をなくすことが再建の近道であると確信したヴァリニャーノは布教長解任を断行、日本の教会は日本人の聖職者によって司牧されるべき、という持論を実行に移すことにした。セミナリヨと呼ばれる初等教育機関を開設することを決断し、それとともに外国人宣教師らには日本語を、日本人修道士にはポルトガル語やラテン語を学ばせることにした。さらなる学徳の研鑽（けんさん）に努めさせるために、コレジョ（大神学校にあたる高等教育機関）とノビシアド（イエズス会員養成所）を開くことも決定した。

巡察師が日本人のイエズス会員を養成せねばならないと考えたのは、口之津に上陸した時から日本人の高潔さや教養の高さを見抜いていたからである。その一方で外国人には日本語もその風俗・習慣も習得することは難しく、またそれらを習得しなければ日本人の尊敬を得ることはできない。それができなければ逆に軽蔑され、布教活動で成果を上げることなど期待できないと判断していたのである。また、日本人は自らの風習に固執し、外国の風習を取り入れようとはしないであろうと思っていた。

ヴァリニャーノにはカブラルのような日本人に対する偏見はなかったが、西欧の風習こそが最上という考えを捨て去った訳ではない。日本人の特性を理解したうえで、布教活動という目的のために彼らに合わせることにし、西欧の優秀性を理解させることを先送りにしただけのことである。近い将来、西欧世界が如何に優れ日本の文物・風習がどれほど劣悪かを直接目撃させ、体得せしめる必要性は感じていた。

そのためにはどうすればよいのか。その結論がヨーロッパへ日本人を派遣し、キリスト教世界の偉大さと華麗さと卓越性を体得させ、彼らをしてそれらを日本人に証言させることである。その具体策が、危機的状況にある日本教会の立て直しの機運ともなるべき遣欧少年使節であった。

一

マンショとミゲルそしてマルチノは、マラッカの強い陽射しを避けるように木陰で語り合っていたが、ジュリアンだけが三人の会話に口をはさむこともなく、聞き役に徹しているのはいつもと変わらぬ光景であった。

キリシタン大名大村純忠の甥にして有馬晴信の従弟でもあるミゲルと、本来は大友宗麟と血縁関係にある伊東祐勝が派遣されるはずであったが、祐勝が近江国安土にいて出発に間に合わず、その代役として宗麟の遠縁にあたるマンショが正使に選ばれた。そして、副使ながらマルチノは大村家藩主の一門衆に繋がる家柄で、ゴアの学院でヴァリニャーノへの感謝の演説をラテン語で行うほどの秀才であり、一目置かれる存在である。

自ずと四人の間には身分の隔たりが存在し、もう一人の副使で大村家の被官（家臣）の子に過ぎぬジュリアンが控え目なのも立場故であった。

「どうすればパッパ様のご厚恩にお応えできるであろうか」

自分たちに示されたローマ教皇の配慮を忘れることのできぬミゲルは、真剣な眼差しで答えを模索していた。

慎重に言葉を選びながら、

「イエズス会員となって生涯を主に捧げる」

マンショがそう言うと即座にマルチノは賛意を表し、ジュリアンは黙ったままであったがその目は頷いていた。

ヨーロッパへ旅立つ時も熱い思いに駆られ議論していたが、あの時は期待と不安が綯（な）い交ぜになっていた。

だが、いまはこれからの展望が明確になっている。帰国後に思いを馳せる四人を海峡からの熱気を含んだ風が頬を撫でていった。彼らは満ち足りた思いに浸っていた。

夢のようなマラッカでの十二日間はあっという間に過ぎ去り、一五八八（天正十六）年七月十三日、一行は最後の寄港地マカオを目指し船出していった。

ヨーロッパまでの長旅を共にしてきたメスキータ神父が青年たちを温かく見守っているので、船中は和気藹々（あいあい）とした明るい雰囲気に包まれている。当初の計画では立案者ヴァリニャーノが使節をローマまで連れて行く手筈になっていたが、図らずもイエズス会新総長アクアヴィーヴァよりインド管区長に任命され、信頼するメスキータに少年たちの引率を託したのであった。

そのメスキータは使節一行との強固な信頼関係に支えられ役目を果たし終え、一人も欠けることなく無事ゴアまで連れ帰ってきた。メスキータがいるので青年たちのことは何の心配もなかったが、管区長の座を擲（なげう）ってまでヴァリニャーノが日本に出向くことになったのは、かの地で権力者の交代があり、新権力者に会っておく必要性を感じていたからだ。

布教活動に理解があり親しい間柄であった織田信長は明智光秀の謀反に倒れ、主人信長の仇を討った秀吉が天下を握っている。天下人秀吉にヴァリニャーノが日本副管区長に任命したコエリョが取り入り友好関係を築いていた。そのコエリョから秀吉がイエズス会に大きな保護を与えてくれたお礼に、インド副王から贈り物と使節を派遣してくれるようにとの要請があったのである。

丁度その時期に遣欧使節がゴアに戻ってきたので、ヴァリニャーノ自らが副王使節となって日本に渡ることにした。

コエリョが友好関係を維持している以上、秀吉も信長同様、キリスト教の布教ひいてはポルトガルとの交易には友好的であると考えてよさそうである。悪い情報は届いてはおらず、ましてや四人の働きによって教皇の理解を得られ、教会への財政的援助も期待できる状況であってみれば、ヴァリニャーノを筆頭に全員が先行きに些かの懸念も抱くはずはなかった。

そして、何の不安も懐かぬ人々を乗せ、船は一五八八（天正十六）年八月十一日、マカオに到着した。リスボンを船出して二年半、長崎を出帆してから実に六年半が経過していた。その二度目のマカオが四人にとって、往路寄港した時の余所余所しい雰囲気とは違って、温かく迎えてくれているように感じられたのは、ヨーロッパでの歓迎と破格の待遇の余韻にいまだ浸っていたからに他ならなかった。

だが、楽観的な思いから彼らを現実に引き戻し不安にさせたのは、笑顔すら浮かべぬ出迎えの神父たちであった。

彼らの様子を見たヴァリニャーノは異変を察知していたが、

「関白が日本在住の宣教師を追放した」

との報告を受けると、前々から抱いていたコエリョへの懸念、彼の持論である日本教会武装計画が発覚したのではないかとの不安に襲われた。

もしそうであれば只で済むはずはない。ヴァリニャーノと同じように、コエリョは教会を取り巻く憂うべき状況を気遣っていたが、軍人であったことが災いしてか、教会を守るためには武力に頼るしかないという考えに囚われていた。

イエズス会の領土的野心と神仏への破壊行為に対し、嫌悪感を示し厳しい対応を表明した関白秀吉が、宣教師並びにキリシタンへの迫害を始めたことを知った使節たちは、それまでの笑顔を瞬時に強張った表情に変えていた。

人生経験に富み冷静な判断のできるヴァリニャーノとは違って、若い四人にとって迫害が現実のものとなり、主君にして守護者の大村純忠と大友宗麟がすでに世を去っていたのは思いも寄らぬ衝撃的出来事であった。故国に帰れるという喜びが押し潰されそうな不安に変わったのも無理からぬものがあった。中でも純忠を失ったミゲルの落胆は激しく、伯父の死が悲嘆に追い打ちを掛けていた。

彼らの打ちひしがれた様子を放置していてはすべての努力が無駄になり兼ねない。ヴァリニャーノは事態の打開を図ろうと熟慮を重ね、兎も角一行を帰国させる方策を練ることにした。

方針が決まってからのヴァリニャーノは素早く行動を開始した。日本に向かうジャンクに託してイエズス会員に書簡を送った。インド副王使節一行の入国を認めてくれるかどうか、関白方の意向を打診させるためであった。

数か月後、イエズス会員から書簡は関白の手許に届くべく要路へ手渡した、との報せがあったが入国許可状は杳として届かなかった。

重苦しい日々が続く中、使節一行をさらなる不幸が襲う。ヨーロッパまでの長い旅路を共にしてきた日本人修道士ジョルジュ・ロヨラが、マカオ到着後に体調を崩し、肺結核で帰らぬ人となったのである。二十七歳という若さであり、日本語の師であるとともに、兄のような存在であった彼の死は不安に追い打ちを掛けていた。

ものに動じぬヴァリニャーノでさえ状況の悪化に焦りを感じていた。朗報が届かぬのはコエリョの武装計画が発覚したためと思い込んでいた。だが、すべてが無に帰したと観念していた矢先の一五八九（天正十七）年十一月二十二日に、秀吉の入国許可状が送られてきたとの報せがあった。

実にイエズス会員に託してから一年五か月ほどが経過していたが、入国許可の内容を聞かされたヴァリニャーノは喜ぶどころか考え込んでしまった。関白の「キリシタン宗門を好まぬ」との文言が付されていたからである。

秀吉はヴァリニャーノが日本滞在中、信長と親しかったことや巡察師という地位にあったことは承知していたはずである。それを敢えてキリシタン宗門は好まぬとしながら、入国は認めるのはどういう料簡（りょうけん）か。

気紛れな権力者の我儘に振り回されていると知りつつ、日本との繋がりを切る訳にはいかぬヴァリニャーノは、秀吉の真意を探ろうと八方手を尽くした。その結果、宗教的色彩の使節なら許可しないが、純然たる外交使節であれば受け入れる趣旨と判断することにした。

マカオまでの希望に燃えていた時とは打って変わり、大いなる不安と危惧を抱えての出立となった。一五九〇（天正十八）年六月二十三日、ようやくアントニオ・ダ・コスタの定期船で長崎に向け最後の航海に乗り出したが、もうその頃には日本の教会は殆ど破壊されたという悪い報せが聞こえてきていて、一行の表情も暗く沈んでいた。

しかし、マンショらの心中など意に介さず南蛮船は順調な航海を続け、七月二十一日、長崎に到着した。そして、湾に突き出た長い岬の先端近くに錨を下ろしたが、懐かしい港の景色を見た彼らは目を疑った。破壊されたとばかり思い込んでいた岬の聖母教会が、以前と変わらぬ姿を留めていたからである。

それを見た青年たちは安堵するとともに、喜びの涙が流れ落ちるのを止めようがなかった。その一方で近郷近在のキリシタンたちや物見高い人々が波止場を埋め尽くし、熱烈な歓迎ぶりで出迎えたのを、狐につままれたような思いで眺めていた。

歓迎の人波の中にポルトガルの商人や船員を装う宣教師たちの姿があったが、万難を排して来日したヴァリニャーノを諸手を挙げて迎えなければならぬはずが、彼らも関白の禁教令で身を隠さねばならぬ立場であり、ひっそりと周囲の目を憚る出迎えとなった。

周囲を気遣う宣教師らをよそに、ヴァリニャーノが使節一行を伴って帰国したという報せは瞬く間に肥前各地のキリシタンたちの間に広まっていった。

関白のバテレン追放令以来、宣教師の導きを受けることのできなくなっていたキリシタンたちは、ヴァリニャーノの尊顔を拝し、有り難い説教を聞くことを熱望していた。それとともに使節たちを一目見ようと、官憲の目など気にも掛けず遠い道程をものともせず長崎を目指していたのである。

使節の親族たちも同様であった。長崎入港の翌日には二年前に亡くなった大村純忠の嗣子喜前（よしあき）が弟らと駆け付け、その翌日には島原から有馬晴信が船で遣（や）って来た。だが、八年半の歳月がミゲルたちを変貌させ、ミゲルの母親やマルチノの両親でさえどれが我が子か見分けがつかなかったのだから、晴信と喜前が従兄弟を見つけるのに苦労したのも当然であった。

わざわざ出迎えに来た従兄弟たちを目の当たりにしては、ミゲルも笑顔で挨拶を交わさなければならない。同い年の喜前には親しみを込め、五つ年上の晴信には慇懃（いんぎん）な帰国の挨拶をしたが、彼の心中そのままに表情は曇りがちであった。

そしてまた、晴れの凱旋であるにも関わらず波止場も異様な雰囲気であった。ヴァリニャーノと一行は帰国歓迎が盛り上がらぬよう、挨拶もそこそこに退散しようと幾度も試みたが、出迎えのキリシタンたちが続々と到着し、その熱気は一行の思惑などお構いなしに高まるばかりで、歓迎と質問攻めに会い苦慮することとなった。

二週間ほどの滞在の後、ようやく管区長の指示に従い、使節らは人々を押し退けるように波止場を立ち去ったが、恐れていたとおり長崎代官の目はいたるところに光っていて、その熱狂的な歓迎ぶりはしっかりと確認され、関白の許に報告されていた。

ヴァリニャーノは一行を伴い長崎を離れたが、ここでも役人たちを刺激しないよう、夜中に目的地有馬に向かうことにした。ほぼ住民全員がキリシタンである有馬では歓迎が高じて不測の事態が起きるかもしれぬ。もしそうなれば、いかなる報告が関白になされ、どのような迫害が加えられるのか予測がつかない。それで、住民の寝静まってからの移動となったが、却って一行の緊張と不安を煽（あお）る結果となった。だが、いまはなによりも慎重にことを運ばねばならない。

二

使節一行が人目を避けるように移動し、有馬の領内の施設に旅装を解いたのは、監視に晒される彼らに同情した有馬晴信が自領への移動を勧めたからである。ヴァリニャーノも他に受け入れ先がある訳でもなかったので晴信の勧めに従うことにした。

伸し掛かる不安は払拭できなかったが、日野江城内で使節たちは暫（しば）し寛ぎの時を過ごすことができた。セミナリヨが城下から人目に付かぬ山中に移されたとはいえ、まだ残っていたことを神に感謝した。晴信もまた彼らを大いに歓待し、ヨーロッパでのことや航海について、使節たち、取り分けミゲルから聞き興奮を抑えられなかった。

使節派遣には晴信の多大の協力があり、彼の協力なしにはこの成果は得られなかった。その晴信の要望もありヴァリニャーノは数日有馬で過ごしたが、予(かね)ての計画どおり島原半島南端にある加津佐(かづさ)に向け出立した。そこに宣教師の首脳全員が集合し、彼の到着を待っていたからである。

彼らは追放令が出ていたにも関わらず、危険を冒してまで西九州各地に分散し隠れ潜んでいたが、日本教会の今後の方針を決める重要な会議に加わるために加津佐に集まっていた。そこで将来のことが協議されることになっていたのである。

ヴァリニャーノが加津佐に行っている間も、使節一行は有馬で歓待された。その後、領民悉(ことごと)くがキリシタンである大村に赴いたが、そこでも大歓迎され持て成しを受けた。好奇心に燃える人々の質問攻めにあったが、却って一行を感激させるとともに、それまでの憂さを忘れさせ、ヨーロッパで受けた歓待やキリスト教界の偉大さを、夢中になって話して聞かせ、大村の人々を感動させることとなった。皮肉にもそれが官憲を刺激することを恐れる管区長の配慮を忘れさせるほどの興奮を与える結果となった。

その間、関白は北条氏征伐で東国小田原に下向し、京都を留守にしていたため使節への指示はなかった。秀吉不在を承知の上で、ヴァリニャーノは責任者を集めて協議会を開催することにした。四人も有馬や大村で領民と親睦を深めることができたが、一行を気遣うキリシタン大名の黒田孝高（よしたか）と小西行長は秀吉の性格を知り抜いていたので、謁見に際し注意すべきことを指摘してきていた。

それというのも、西国大名へのイエズス会の影響力を誇示し、武力をひけらかすコエリョを危惧する孝高と行長がたしなめようと助言したが、コエリョ布教長は聞く耳を持たなかった。却ってそれが関白の警戒心を増幅させ、バテレン追放令の発令に繋がったのである。コエリョの秘書役で、長年日本イエズス会の記録係で通信係でもあった『日本史』の著者ルイス・フロイスは、布教長の賛同者と見做（な）されていたため、ヴァリニャーノに警戒され副王使節一行に加えられなかった。

さらに、すでに来日している朝鮮通信使一行が関白との謁見を待ち望んでいるにも関わらず実現しないことや、今回の使節がバテレン追放令の撤回を懇請するための使節との噂が流布され、関白方が警戒しているとの情報が齎（もたら）されていた。

事実、ヴァリニャーノは来るべき謁見で関白の怒りを鎮め、布教活動の再開を期していた。関白側もそのあたりは織り込み済みで、謁見を許した真意はポルトガルの軍艦製造技術や鉄砲など武器の利用価値を見込んでのことである。

期待と不安の交錯する十月末、インド副王使節一行は長崎代官より上洛すべしとの関白の命令を受け上洛の途についた。黒田・小西両大名の進言を聞き入れ、宣教師の数を極力減らし、ポルトガルの商人や船員を中心とする構成となっていたが、それは日本側の警戒を躱す意図からである。

船員らは長崎や口之津の港以外の日本を知らず、噂に聞く都は初めての訪問でもあったので物見遊山気分で上機嫌であった。が使節たちは帰国までの希望にあふれた気分とは程遠く、不安に圧し潰されそうであった。

上洛の途についた副王使節は、陸路と海路の二手に分かれ、長崎を出発し下関で合流した。そして船で瀬戸内を航行し、交通の要衝室津で次なる関白の指示を待つため、暫し当地に逗留することとなった。室津は小西行長の父隆佐の管理地である。当時、五畿内のすべてのキリシタン教会は秀吉の命令で破壊されており、上洛しても関白の指令を仰がねば宿泊するところもなかった。都からの指示を待つしかない状況下にあった。

だが、小田原さらには東北平定を終えて凱旋した秀吉は、数か月の滞在を余儀なくされている朝鮮通信使に謁見を許さず、遠征の疲れを癒そうとお気に入りの摂津有馬での湯治に出掛けてしまった。勿論（もちろん）、インド副王使節を引見する気配などさらさらなく、ようやく朝鮮通信使の謁見が許されたのが十二月三日のことで、副王使節への謁見の指示はついに届かなかった。

年の明けた一五九一（天正十九）年、関白への年賀の挨拶に出向く西国諸侯が、続々と室津に姿を現し始め、評判を耳にしていた彼らは一様に挨拶に遣ってきた。使節の体験談を聞くためであったことはいうまでもないが、大名衆の好奇心に応えるかのように、マンショたちも興奮のあまりヨーロッパでの経験を夢中になって話して聞かせた。それが諸侯たちを感動させたが、その中に毛利輝元もいた。

また、使節の親族、晴信の兄でミゲルの従兄弟に当たる波多親（ちかし）と、マンショの母の腹違いの兄弟である伊東祐兵（すけたけ）が訪ねて来て、偉業を成し遂げた自分の血縁者を誇りとし感激に浸っていた。

一方、追放令が発令されるや即座に信仰を捨て迫害者となっていた大友宗麟の嫡子義統（よしむね）は、関白の謁見によって引き起こされるかもしれぬ状況の変化に怯えていた。それでヴァリニャーノにキリシタンに立ち帰るべく許しを乞うも相手にされず、マンショに執り成しを求めたが彼にも拒否された。

いまや遣欧使節は時の人であった。諸侯たちも驚くべき偉業を成し遂げたキリシタン青年を称賛しつつも、どう扱ってよいのか迷っていた。関白が彼らをどう処するのか見当が付かず、その対応を見てから動こうという算段である。秀吉が称賛すれば諸侯もそうしなければならない。すべては関白の意向に沿うしかなく、それが生き残る術でもあった。

礼を逸してはならぬと訪れる諸侯との折衝に時は過ぎていったが、ようやくヴァリニャーノの許に上洛すべしとの通達が届いた。いよいよその時が来たのである。満を持していた副王使節一行は二月十七日に室津を出発し、二日後に大坂に到着、二日ほど同地で過ごし、船で淀川を遡り鳥羽で下船した。そこで煌(きら)びやかな衣装に着替え、華麗な行列絵巻を見物の人々に披露しながら行進を続け、ヴァリニャーノと司祭たちは秀吉旧邸に、メスキータ神父と四使節は小西行長の都の邸に入った。

そして、三月三日、聚楽第(じゅらくだい)において謁見式が催される運びとなった。当日、一行は到着時と同様に華やかな行列で繰り出したが、整然とした趣の中にも華麗さが際立っていた。教皇グレゴリウス十三世から賜った、金モールの縁飾りのついた黒いビロードのマントを身に纏ったマンショらは騎馬、黒衣黒帽のイエズス会正装の副王使節ヴァリニャーノはヌリ輿であった。

彼らの前をイタリヤの貴族から送られた、金飾のついた白い甲冑や太刀と鉄砲などの献上品が次々と運び込まれ、副王使節の後に続く色とりどりの南蛮服を纏った商人や船員たちが、異国情緒をより一層盛り立てていた。最後にターバンを巻いたインド人馬丁にひかれた一頭のアラビヤ馬が登場すると、人々の興奮は最高潮に達し、行列を一目見ようと集まっていた見物客から感嘆の声が上がった。

聚楽第でも副王使節一行の華やかな行列の噂で持ち切りであった。正装の門跡、公家、諸侯を左右に侍らせ関白もそれを聞いて上機嫌で、自らは贅を尽くした衣服を纏い、いまや遅しと一行の到着を待っていた。

一同の待ち受ける中を副王使節一行が到着、使節ヴァリニャーノは礼法に則った行儀作法で進み、関白に鄭重なる挨拶をしてみせた。挨拶が済むと、飾り付けられた箱に入ったインド副王メネーゼスの認めた書状が奉呈された。次いで盃の礼が交わされたが、その間もヴァリニャーノは西洋風の儀礼と日本式の礼式を交え、礼儀を違えることがなく対応していた。それらは日本の礼法に精通していなければ到底成し得ぬことであったから、列座の人々は感服してやまなかった。

インド副王使節謁見の儀式は静寂のうちに滞りなく終了し、次いで宴会となった。遣欧使節四人とポルトガル人たちは末席を宛がわれたが、マンショらは随員に過ぎず、そのように処遇されたのである。

頃合いを見計らったかのように、宴会が終わると関白が「通事」ロードリゲス修道士を伴って現れ、ヴァリニャーノと会談後に伊東マンショと長い時間、話をした。

「伊東祐兵を日向国の一領主にしてやったが、汝も予に仕えてはどうか」

関白は薩摩攻めの後、祐兵に飫肥領を宛がっていたが、マンショが伊東家の一族であることを知っていたので彼にそう言ったのである。

島津氏に続いて小田原の北条氏を降伏させた秀吉には国内に敵対勢力はなくなっていた。日本国内を征服し終わった関白の次なる征服相手は外国であり、南蛮国から帰朝したばかりのマンショたちは家臣たるに相応しい存在である。

実はヴァリニャーノらは関白が次なる標的を唐入りに据えているという情報を入手していた。それもあって、四人を同行させれば無理やり関白の家臣にされてしまうのではないかという恐れを抱いていたが、使節から外すこともできず一行に加えていた。

全国に情報網を張り巡らしている秀吉は、些細なことでも掌握している恐ろしい存在であった。況してやローマ教皇の謁見を賜り、ヨーロッパの王侯貴族から破格の待遇を得てきた遣欧使節のことを知らぬはずがなく、慎重な対応が必要とされていた。

それ故、マンショは慎重に言葉を選び、

「バテレン様には少なからず恩義を蒙（こうむ）っておりますので、いま去っては忘恩の誹（そし）りを免れませぬ」

巧みに誘いを躱していた。

秀吉もマンショの真意を察したのかそれ以上は無理強いしなかったが、決して諦めはせぬぞと言わんばかりの表情に見えた。

その後、関白は他の三人にも姓名、生国を尋ね、ミゲルとは折入って話をし、

「汝は有馬の一族か」

とずばりと切り込んできた。

「千々石の一族です」

累が有馬に及ばぬようにとミゲルは答えを逸らしたが、

「それでは千々石は誰の領内にあるのか」

言葉は優しげだが秀吉は追及してくる。

急所を突かれたミゲルは、

「有馬領内にあります」

口籠もったがそう答えるしかなかった。

関白は畳み掛けるように質してきた。

「汝は有馬殿の親戚の者ではないのか」

これにはミゲルも困り果て、

「父から有馬家とは多少の縁続きと聞いております」

こう答えるしかなかった。

マンショ同様、仕官の話を持ち出されたが、

「私もバテレン様には恩義を蒙っておりますので……」

ミゲルの受け答えに、関白もそれ以上は深入りせず話を切り上げた。

秀吉との面談も終わり、四人は携えてきたヨーロッパの楽器を演奏し関白を喜ばせ、ミゲルも関白に対し嘘をつくことなく素性を明かさずに済んだ。だが、却って秀吉に四人との面談を通して、九州の諸侯と宣教師やインド副王との深い交わりを印象付け、警戒心を

植え付けてしまった。

副王使節との歓談を終えた秀吉はすでに南蛮船が出帆してしまったことを知り、ヴァリニャーノたちに次の南蛮船の来航までの日本滞在を許し、都や大坂に留まるも良し、長崎に戻っても差し支えないと寛大な態度であった。そして、副王への返書と贈答品はいずれ手許に届けるであろうと伝達を残し、自らは尾張に狩猟に出掛けていった。

関白の不在をこれ幸いと、使節一行は心おきなく都見物などに時を過ごしながら、三月二十五日に都を出立した。海路平戸経由で長崎に帰って行ったが、平戸では前当主松浦隆信の隠居所において南蛮での話や楽器の演奏で隆信を楽しませた。立ち寄ったのはザビエルが四十年ほど前平戸に滞在していたからだが、彼とのほろ苦い思い出が隆信にも蘇っていたかもしれない。

副王使節一行の上洛と関白との謁見が無事に済んだことを、宣教師とキリシタンたちは喜び心からの歓迎で出迎えたが、ヴァリニャーノはどこまでも慎重であった。謁見は成功裏に終わったが、キリスト教会が非公認であることには変わりはない。

関白はそれには一切触れることはなかったし、ヴァリニャーノは禁教令解除の話の糸口すら見出すことができなかった。関白の感情を害すれば、すべてが水泡に帰すという危険は残されたままであった。

一行を伴い無事長崎に戻ってきたがヴァリニャーノにはまだ遣り残したことがあった。公式に有馬晴信に報告しなければ遣欧使節の一件も終了したことにはならない。それで、長崎代官の目を気遣いながら、五月半ばヴァリニャーノは有馬に赴き、同地の教会において報告とともに授与式を行うことにした。

晴信への授与式は荘厳な雰囲気の中で行われたが、ヴァリニャーノの憂慮を気遣いその様子が有馬領外に漏れぬよう、慎重のうえにも慎重を期して行われた。ミゲルが鞘を払った太刀を持ち、マンショが公爵の帽子を、マルチノは太刀鞘、ジュリアンが教皇の勅書を捧持（ほうじ）し、ヴァリニャーノが金の聖木十字架を平伏（ひれふ）す晴信の頭に掛ける式次第は感動的であった。晴信は勿論、一族郎党も深い感動と喜びを禁じ得なかった。将に晴信はこれに相応しい人間であった。遣欧使節を送り出し、危険を冒してまで追放されたバテレンを領内に匿（かくま）うなど、迫害を恐れぬその姿勢は終始一貫していた。

授与式のあと、日野江城内で祝宴が催され、有馬滞在の間、使節を喜ばせようと種々の余興が繰り広げられ、一行の慰労のため領内の人々は労力を惜しまなかった。その後使節は大村に移り、いまは亡き純忠に代わって現当主である嫡子喜前に対しても、授与の儀式が行われ喜前を感動させた。

この有馬・大村での授与式を以て四人の遣欧使節としての使命は終わり、その後の人生は彼らの選択に任されることになった。

三

晴信と喜前の授与式の熱気もおさまった梅雨明けの頃、ヴァリニャーノはマンショらを伴い天草の河内浦を訪れていた。天草はキリシタン大名小西行長の支配下にあり、嘗て行長に敵対したがいまは帰順し、領地を安堵された天草久種が領主を務めている。バテレン追放令の出されたいまも、隠密裏に宣教師たちが活動を続けることができるのは、キリシタン領主久種の保護下でキリスト教が深く根を下ろしていたからである。

また、ここは島原や長崎と違い船で渡らねばならず、監視も厳しいとは言えない。その地理的条件を利用し、ヴァリニャーノは監視の目の届かぬ天草河内浦に、イエズス会の教育施設を移転させようと計画していた。

だが、唐入りの前線基地となる肥前松浦の名護屋城築城計画が現実味を帯び、関白方の役人が資材を求めて九州各地を駆け巡っている。もしも、役人たちに見つかれば施設が破却されることは火を見るより明らかであった。

そのような状況下、一見平穏に見える長崎・島原も、いつ迫害の嵐が吹き荒れ始めるか予想がつかない。天草にも間違いなく押し寄せるであろう。それが現実であり、避けられぬことを四人に知らせる必要があった。知ったうえで、将来を決めさせる。残るも去るも自由である。ヴァリニャーノは彼らの意思を尊重しようと心に決めていたのである。それほど聖職者の道は厳しく、イエズス会を取り巻く環境は危機的状況にあった。

それと、マンショとミゲルが関白から仕官するよう持ち掛けられていることも承知している。とくにマンショは母の腹違いの兄弟の祐兵が秀吉から飫肥を賜り、大名に復帰していたので関白の執着が殊の外強い。ミゲルも勧誘されたが、従兄弟の晴信からも仕官の話が出ている。寡婦（かふ）である母親がキリスト教を捨て、武士に戻ることを望んでいて晴信に頼み込んでいた。

武士として出世への道が開けていたので、二人が望むのならそれも致し方のないことだと思い、ヴァリニャーノから勧めることはなかった。

だが、四人は司祭となる道を選択した。マンショとミゲルはいずれも母親が司祭となることに強く反対していた。マンショは母親の懇願にも筋を曲げず意思を貫いたが、それが恩師やヨーロッパの教会関係者や王侯・貴族から受けた限りない恩寵に報いるための唯一の選択肢であると思っていた。

ミゲルにも恩寵への感謝の念があったことは間違いないが、母親の反対が彼を意固地にさせ、激した感情が志操堅固とは言い難い彼を司祭への道に進ませた。

マルチノは二人に比べ武士として出世が期待できる立場にはなかったが、学問的素養があり温厚な性格で周囲からも聖職者として期待されていた。また、親族の反対もなかったので司祭となった。

もう一人のジュリアンは父親が幼い時に戦死し、身内は嫁いだ姉妹がいるだけで俗世との縁は薄い。それとローマで熱病に苦しむ彼に向けられた教皇グレゴリウス十三世の恩寵に報いようと決心していたので迷うことはなかった。

其々(それぞれ)の事情を抱えながら一五九一（天正十九）年七月二十五日、四人は天草でヴァリニャーノの司式によりイエズス会に入会した。三年前、関白秀吉によって禁教令が出されたその日にイエズス会員となったのである。彼の指導によって荘厳なミサを捧げ、遣欧使節の意義とこれからの使命についての説教もなされている。

その後、皆に別れを告げ修練院に入った。院長はカルデロン神父、副院長はメスキータ神父で、彼らを受け持つ修練長はコンファロニエロ神父である。

修練院での二年間は祈り、修業、イエズス会の会憲とその精神の勉強である。二年生の修練者となってからはそれらに加えて、毎日ラテン語の勉強があった。マンショ・ミゲル・ジュリアンは二年生の組でラテン語を勉強することとなったが、マルチノはすでにラテン語を終了し日本語を勉強する組に加えられていた。


四人は他の修練生たちとともに会則に則った日々を送り、一五九三（文禄二）年七月二十五日、二年間の修練期を終了し修道士（神学生）として誓願を立てたが、それ以後も勉学の明け暮れであった。彼らの願いは司祭となって布教活動に加わることであるが、そのためには神学を学ばねばならない。だが、日本のコレジョには神学過程がなかったのでマカオに留学する必要があった。

マンショたちがヨーロッパから帰ってきた当時、ヴァリニャーノは遣欧使節の成功に鑑み、日本におけるイエズス会の統治と発展のために、引き続きローマへ日本人を派遣すべきと主張していたが、多大の費用を要し死の危険も伴うヨーロッパへの渡航を日本在住のイエズス会員に強く反対され、ローマを諦めマカオでの教育に変更したという経緯があった。

しかし、イエズス会員の真意は、日本から修道士を派遣し神学を学ばせ日本人司祭を養成しようとする、ヴァリニャーノの計画そのものに反対であった。日本人への差別が根底にあるイエズス会内部の抵抗にあって彼の計画は頓挫してしまった。

一方、太閤の強硬姿勢にたじろぎイエズス会が布教活動を控えているのを幸いと、フィリピンから托鉢修道会（フランシスコ会）のバテレンたちが来日し、日本での布教を独占するイエズス会を誹謗中傷し、公然と布教を開始していた。

当初、太閤は布教活動を静観していたが、一五九六（慶長元）年十月、スペイン船サン・フェリッペ号が土佐浦戸に漂着し、航海士の発言でスペインの領土的野望が明白となるや、京で布教活動を行っていたフランシスコ会の宣教師の捕縛を命じ、同船に修道士が乗船していたとして、バテレン追放令を根拠に国内の宣教師を捕縛する行動に出た。

弾圧をも恐れず、尚も布教活動を続ける彼らへ恐怖心を植え付ける必要性を痛感していた太閤は、見せしめとしてフランシスコ会士とキリシタンを根こそぎ捕縛し、処刑するよう京都奉行の石田三成に命じた。これに対し、三成は太閤を説得することに努め、京都でフランシスコ会員六名、大坂でイエズス会日本人修道士三名、その他十五名を捕え計二十四名を長崎へ送るに止めた。その人数に絞り込んだのはキリシタン大名たちへの三成の配慮に因っていた。

そして、処刑地が長崎だったのは見せしめのためである。ポルトガルとの交易のため秀吉は宣教師の長崎居住を認め、住民の信仰の自由を黙認していたので、その彼らへの警告と秀吉のキリスト教に対する姿勢を知らせるためには、長崎で処刑する必要があったからである。

一か月余り、行く先々で住民たちの好奇の視線と罵詈雑言に晒されながら彼らは長崎への旅を続けた。そして、一五九七（慶長二）年二月五日、途中加わった二人を併せ二十六名が西坂で処刑された。

それ以後、キリシタンへの監視の目はいよいよ厳しさを増し、天草のコレジョは閉鎖された。マンショやジュリアンらはコレジョの移動とともに、長崎や八代への移動を余儀なくされたが、以後も勉学を続けていた。

世情の混迷も然（さ）ることながら、推進者ヴァリニャーノがイエズス会員たちの反対に屈しては日本人修道士のマカオへの留学は遠のくばかりであった。当然の如く、外国人修道士優先でマカオに派遣されるという事態が続いていた。

それを覆そうと三度目に来日した際の一六〇一（慶長六）年には日本巡察師の権限を以て、マカオに派遣される十七名の修道士のうち六名の日本人を選んでいる。その中に伊東マンショと中浦ジュリアンはいたが、千々石ミゲルと原マルチノの名はなかった。

何故マルチノとミゲルはマカオ行きを許されなかったのか。理由について史料は限られるが、僅かながらその間の事情を語る事実が垣間見られる。

マルチノはヨーロッパからの帰途、ゴアの学院で首席代表マンショを差しおいてヴァリニャーノに捧げる感謝演説をしていて、四人の中でラテン語の学力がずば抜けていた。また、修道士となって九年を経た一六〇〇（慶長五）年には、日本イエズス会の上長ペドロ・ゴメスの葬儀の際、彼が説教者に選ばれその大役を全うしている。

さらに同じ年、関ヶ原の合戦の結果、小西行長の刑死によって加藤清正の領地となっていた宇土城に投獄されていた五名のイエズス会員の釈放交渉を担当し、釈放に成功したことで交渉能力の非凡さを証明していた。

にもかかわらずマルチノは選に漏れた。その表向きの理由は印刷出版の事業や他の事柄での代え難い有能な人材で、数年でも長崎を離れると支障が生じると上司が難色を示したとされている。だが、日本人を司祭に叙することに反対する南蛮人勢力が存在し、彼らの圧力で優秀なマルチノのマカオ行きが見送られたというのが真相に近い。

　次にミゲルの場合だが、マカオ派遣の選に漏れた彼はその後イエズス会を退会し、二十年間慣れ親しんだミゲルという洗礼名も捨て、清左衛門と称するようになった。その選に漏れたことに我慢できず、感情的になって退会したとの噂も流布されていたが、それは付け足しに過ぎぬ。

　それよりもより根源的な問題、イエズス会に対する不信感が彼にはあった。人種的偏見が蔓延(はびこ)る同会に反発する自分を抑えることができなくなったのである。その当時のイエズス会という組織はすべてヨーロッパ人中心に回っていた。同会内部には矛盾が渦巻き、会員の多くを占めるスペイン人とポルトガル人は、互いに国民感情を剝(む)き出しにして見苦しく争っていた。

　それに加えてヨーロッパ人宣教師と日本人修道士たちの不和があり、幹部の南蛮人バテレンの日本人観にも対立がある。勿論、ヴァリニャーノ巡察師やメスキータ神父のような好意的な人々もいたが少数派でしかなく、多数派は日本人を見下している。その彼らが主導的立場を占める会には厳然たる差別が存在していた。

何事にも我慢し耐えるマンショ・ジュリアン・マルチノはバテレンたちにとって扱い易い人間であったが、それでも彼らは差別され、司祭への昇進を見送られることが度々であった。だが、イエスの教えとは著しく乖離し、建前とは異なる閉鎖的なイエズス会に不満を持っていたミゲルは三人のように従順ではなかった。反発的な姿勢は彼の日常生活にしばしば表れ、そのような態度が宣教師たちの顰蹙を買い無視・排斥され、マカオ派遣から除かれたのも当然の結果であった。

ヴァリニャーノの強権発動とも思しき選考でマカオ行きを許されたマンショとジュリアンは、同じ派遣組の結城ディオゴ・石田アントニオ・小田アウグスティノ・野間アンドレアスとともにオラショ・ネレティの船でマカオへ向かい、同地の学院で倫理神学を学ぶことになった。同時期に学院で学んでいたのが、転びバテレンの汚名を背負うことになるクリストバル・フェレイラと殉教者ベント・フェルナンデスである。

マカオの落ち着いた環境の中での勉学は捗り、三年間の有意義な学院生活を送った彼らは、一六〇四（慶長九）年の夏、長崎に戻ってきた。その彼らをコレジョの院長メスキータ神父と原マルチノが出迎えたが、ミゲルが姿を見せることはなかった。彼はイエズス会を去っていたのである。

ミゲルとは対照的に二人を温かく出迎えたマルチノは、選に漏れたことを神の思し召しと受け入れ、挫（くじ）けることなくコレジョで仕事を続けながら神学の勉強に励んでいた。

これまでの例ではマカオでの勉学を終え長崎に戻ると、準備期間をおいて司祭に叙階されるのが一般的であったが、二人が戻った長崎では事情が違っていた。新管区長パシオ神父・修練長コンファロニエロ神父と数名のイエズス会員は日本人の叙階を快く思ってはいなかったのである。

彼らは叙階の先延ばしを健康の優れぬ年老いたヴァリニャーノに提案し、正常な精神状態にないヴァリニャーノは判断を彼らに委ねたので、マンショとジュリアンは司祭への叙階を見送られた。

不当に叙階を先延ばしされているのに苦しみながらも三人は仕事・勉学に励み、落胆せず、目上に対しても背くことはしなかった。そして、ついにその四年後の一六〇八（慶長十三）年、長崎の岬にある被昇天の聖母教会で、司教セルケイラから揃って司祭に叙せられたのである。

有馬のセミナリヨに入ってから二十八年、マンショたちはすでに四十を超えていた。

四

晴れて三人は神父となり、マンショは小倉、ジュリアンは博多、そしてマルチノは長崎と各赴任地で司祭としての布教活動を始めていた。司祭叙階まで内外の圧力に苦しんできたが、その労苦もすべて過去のものとなり、彼らは活動に専念できるようになっていた。

心晴れやかな三人とは対照的に、彼らが司祭になる七年前にイエズス会を退会していたミゲルは、その後茨の道を歩んでいた。反発的態度を隠さなくなっていたミゲルは、宣教師たちに無視され、彼らの冷たい視線に耐えてきたが、それも限界と会を去った。彼らへの憤懣（ふんまん）を抑えきれなくなり、心の赴くままに感情を爆発させてしまった結果である。

辞める覚悟はできていたので後悔はしていなかったが、退会後の身の振り方まで決めていた訳ではない。それでどう生きて行くべきか悩んだが、結局は武士に戻ることにした。それしか選択肢がなかった。また、母の希望もあり妻を娶（めと）ることにした。

退会後、晴信の好意に甘え彼のところにしばらくの間、身を寄せていた。その彼から再三に亘り有馬家に仕官するようにとの話があったが、晴信の説得を振り切ってイエズス会に入会した手前、有馬家に仕官する訳にはいかないと心に決めていた。従兄弟とはいえ本家筋で且つ年上の晴信には遠慮があったのである。

晴信とは対照的に大村喜前とは親しい間柄で、彼はミゲルがヨーロッパから戻ってきた時も出迎えに来てくれたし、同じ年で気の置けない関係である。その喜前から話があったのを幸いと大村家に仕えることに決めたのは、すでに三十半ばで身の振り方に悩んでいたことと、妻帯もしていたからだ。

晴信は嫌な顔ひとつせず援助してくれているが、いつまでもそれに甘えている訳にはいかない。その時に喜前から誘いがあり、それも好条件での誘いであったから渡りに舟と誘いに乗った。

仕官の決め手となったのは喜前との関係は勿論だが、大村の地が初めてではなかったことも大いに影響していた。父千々石直員（なおかず）が佐賀の龍造寺隆信の急襲を受け討死し、兄たちも父とともに戦死したため母一人子一人の境遇となっていた。それもあって、父の兄大村純忠を頼って四歳の時に乳母に伴われて大村に逃げ、七年ほど伯父の世話になっていたことがあった。

大村純忠は日本で最初にキリシタン大名になった人だ。その純忠に養育されていた甥にあたる少年が大村に来て七年後の一五八〇（天正八）年に、ポルトガル船司令官ドン・ミゲル・ダ・ガマを代父として洗礼を受け、ミゲルという洗礼名を名乗るようになったのは自然の成り行きであった。その後、有馬のセミナリヨで神学教育の基礎を学ぶことになったのである。

イエズス会を退会した清左衛門を喜前は迎え入れた。それも二万一千石余の大村家では破格といってよい六百石での召し抱えであったが、下心あってのことである。

「ドン・ミゲルではなく清左衛門か」

新しく築いた玖島城の広間で喜前は上機嫌であった。

「皆の者、ここにおるのがこの度召し抱えた千々石清左衛門じゃ。見知りおくように」

周りには重臣たちが居流れている。皆一様に無表情を装っていたが、一人を除いて喜前が棄教者千々石ミゲルを召し抱えた真意を摑みかねていた。

また、彼がここ大村で純忠公の庇護の許にあったことを記憶している者はほとんどいなかったが、一門衆の誰よりも藩主の血筋に近く、甥という関係故に先代純忠の名代として遣欧使節正使となってヨーロッパに行ったことを知らぬ者はいない。重臣といえども仇や疎かには扱えぬ存在でもあった。

重臣の多くは「御一門」と呼ばれる親族十五家の出自である。当時はまだ幕府の禁教令は発令されておらず、大村藩では先代純忠の政策もあってキリシタン全盛時代であり、藩士全員そして領民すべてがキリシタンであった。

一門衆もまたキリスト教徒で、その彼らで全石高の三分の一にあたる六千七百石余を占め、片や藩主直轄地は全体の二割、約四千石ほどである。この藩主の経済基盤の脆弱性は藩内における統制力の弱さの原因ともなっていた。

そのような事情を抱えた大村藩へ清左衛門は仕官したのである。召し抱えの本当の理由を知らず、ただ単純に高禄で仕官できたことを従兄弟の好意と感謝していたが、領内は敬虔な信徒ばかりである。そこへ棄教者が召し抱えられ、それも高禄とあっては反感がない筈はない。出仕した彼に向けられる視線は厳しかった。

仕官後、清左衛門も藩の内情に詳しくなったが、

「気にすることはない。父上が家中に信仰を奨励し、皆がそれに従ったまでじゃ」

喜前は清左衛門の戸惑いなど意に介してもいない。

「そちも父上の名代としてヨーロッパへ参ったのであろうが」

新参者にとって藩主の後ろ盾ほど有り難いものはない。厳しい視線は相変わらずであったが、それも時の経過とともに気にならなくなっていった。

だが、それでも清左衛門にとって避けて通れぬ面倒なことがあった。藩内にいるイエズス会の宣教師たちの存在である。

彼らに会わぬように細心の注意を払い、宣教師たちも彼に近づかぬように注意していたが、偶然に出会った時の気不味（きまず）い雰囲気と、彼らから注がれる視線には耐え難いものがあった。

取り分け、長年に亘り親しく指導を受けてきたルセナ神父の、

「ミゲル、何故イエズス会を去り棄教したのか」

悲し気な問いかけには沈黙を守るしかなかった。

何とか清左衛門が新天地での生活に慣れ親しもうと努めていた頃、彼の後ろ盾である喜前は秘めたる計画を成功させようと着々と手を打っていた。

その喜前がもっとも頼りにしていたのが、先代純忠以来家老の職にある藩主の右腕と言われる大村左衛門である。左衛門もまた一門衆であり、清左衛門召し抱えの訳を知っている唯一の人物であった。

その左衛門に喜前は何でも相談していた。清左衛門を仕官させたのも、二人で打ち合わせのうえでのことである。

生まれて一年後に母とともにカブラル神父から洗礼を受け、サンチョと呼ばれていた喜前はキリシタンには違いなかったが、父のように信仰心にあつかった訳ではない。それよりも少年の頃、北部九州の覇者龍造寺隆信の人質となり、辛酸をなめた佐賀での二年間が彼を強かな人間にしていた。

隆信の許では色々と学ぶことがあったが、中でも権力者の顔色を窺い、その真意を察知すべく努めた。彼らには決して刃向かわず従順であろうと心に決めていたので、龍造寺に従属していた父純忠や隆信の嫌うキリシタンに対し、命令に従い厳しい態度で臨むことも遣って退けた。権力者への恭順こそが御家を守る唯一の道と確信していたからだ。関白の九州攻めに父に代わって従軍し、然したる功績もないのに逸早く領国を安堵されたのも、秀吉の覚えめでたかったことに因っていた。

また、秀吉が禁教令を発令するや信仰を捨て、信心深い有馬義貞の娘カタリナと結婚すると信仰に戻るなど、世間の動きを窺いながら行動していたが、肥後の大名加藤清正との交流が彼に変化を齎すこととなった。その清正の影響でキリスト教から離れていったが、決め手となったのが妻カタリナの死であった。

妻の死の二年後の一六〇二（慶長七）年、喜前の運命を変える出来事が彼を待ち受けていた。その時はそれほど意識してはいなかったが、じわじわと喜前と大村藩に伸し掛かってきた。

それは関ヶ原の合戦で豊臣恩顧の西軍を破り、天下を握った徳川家康を表敬訪問のため京を訪れた時のことであった。

家康とその幕僚たちが居流れる広間で、

「喜前殿、キリスト教を捨てなされ」

家康から直々に棄教を促され、動揺した喜前はその場をどう取り繕うかと苦慮したことがあった。その後、彼は注意深く家康の真意を探ることに専念するようになり、キリスト教が禁じられる時が来る、それも遠いことではないとの思いが確信となっていった。

家康の言葉を天下人の訓示と受け止めてはいたが、喜前の動きは鈍く、相も変わらずあやふやな対応でお茶を濁していた。それが信仰を捨てぬ喜前の追い落としを狙う大名衆からの攻撃の的となり、窮地へと追い詰められる原因ともなっていた。富を齎す海外貿易の拠点である長崎を奪い取ろうと、虎視眈々と狙っている唐津の寺沢（てらざわ）広高のような大名もいたからである。

だが、喜前には動くに動けぬ事情があった。まだ禁教令の発令される前であり、重臣の多くを占める親族十五家はすべてキリシタンであった。領内には幼い時から親しんだ宣教師たちもいる。彼らを無視して棄教を断行するのは危険過ぎた。

「家康殿はいずれ禁教令を発令されよう。それにどう対応するかだ」

家康との謁見の様子を聞かされた左衛門も発令は間違いないと感じていた。

「発令されてからでは遅すぎましょう」

「ではどうすればよいか」

「発令前に領内での奉教禁止とバテレン追放を遣り遂げねば」

「となれば、キリスト教が邪教であることを証明せねばならぬぞ」

「邪教と主張できる者を見つけ出せばことは成就します」

左衛門はキリシタンを装ってはいるが信じている訳ではなく、本心はキリスト教を嫌っていた。

だが、純忠が当主になったばかりの頃、肥前には龍造寺・松浦・後藤など大村領を侵略しようと狙う諸家の勢力が強く、御家存続には武器を供給してくれるイエズス会宣教師を引き付けておく必要があった。そのために純忠が率先して洗礼を受け、主だった家臣たちも主人に従う。家老になったばかりの左衛門も同様であった。

太閤の時代は何とか乗り切ったが、いつまた禁教令が発令されるか分かったものではない。そうなれば棄教せぬ限り藩の存続はない。左衛門にとって、もうこれは確信となっていた。バテレンを後ろ盾に、一門の連中が幅を利かせていては棄教は不可能であり、藩は取り潰されてしまう。喜前の方針に従うことにしたのも一門衆追放で考えが一致したからである。

「それには嘗てキリシタンで棄教した者が……」

二人が思い描いていた人物は一致していた。

「殿もご存じの、棄教したと噂の千々石ミゲルが最適かと」

「そちの言うとおりじゃ。ミゲルがよい。イエズス会を辞め浪々の身の彼を召し抱え、棄教断行にひと働きしてもらおう」

「それと家康殿は間もなく将軍となられるはず。将軍家の御意向とあれば、藩を挙げて棄教せずばなるまい」

左衛門は喜前がこの政治的危機を逆手にとって、藩を牛耳るキリシタンでもある一門衆を家康の意向を口実に追放し、藩主への集権化を図ろうと目論んでいると推察していた。藩主への集権化とは喜前にとって主導権を確立するための、経済基盤の強化であり家臣団の再編成である。そのためには何としても藩にとって有害以外の何物でもない、藩主をも凌ぐ「御一門」の解体・追放を実現しなければならない。

また、土地との結び付きの強かった家臣を土地から切り離し、俸禄制による家臣団を形成することによって、近世大村藩への脱皮をも視野に入れていた。その大改革が断行されようとしていた時に清左衛門は召し抱えられた。

だが、領内にいる宣教師と一門衆の結び付きは強固で、一門衆を追放するには宣教師との分断、精神的支柱である宣教師を領内から退去させ、彼らとの縁を断ち切らせねばならぬ。また、キリシタンは藩中枢部にも深く浸透し侮れぬ勢力を形成しており、ことは慎重を要する。

「まずは一門衆へ家康公の御意向を伝え、彼らがどう出るか様子を見ましょう」

その意図のもと、二人は一門衆を招集した。

不意の呼び出しに不安気な面々は連れ立って遣ってきたが、広間には喜前の姿はなく左衛門だけが控えていた。

そして、互いに顔を見合わせひそひそ話を交わし始めた時、

「殿のお成りである」

その一声に座は瞬時にして静まり返り皆平伏して藩主を迎えたが、

「方々も存じよりの徳川殿との会見の様子を殿がお話しになられる」

取って付けたような左衛門の口振りが空々しかった。

喜前は喜前で、

「すでにそちたちも知っているであろうが、関ヶ原の戦勝祝いに徳川殿を表敬訪問した訳を話そう」

勿体ぶって切り出した。

「京・大坂はすでに徳川殿の完全なる支配下にあった。それをこの目で確かめただけでも訪ねた価値があったというもの。だが、戦いから二年も経つのに表敬訪問とは納得がいかぬであろう。実は家康殿直々の呼び出しがあったのだ」

一門衆も一言一句聞き洩らすまいと耳を欹(そばだ)てている。

「直々の呼び出しとは穏やかではない。まだ大名家の取り潰しの余韻も残っておろう。世間の手前もある。それで戦勝祝いという名目での表敬訪問となった訳じゃ」

緊張を隠さぬ彼らとは対照的に、喜前は淡々と話し続け、落ち着き払っていた。威厳すら感じさせる喜前を訝り（いぶか）つつ次の言葉を待っていたが、

「家康殿は禁教令発令をお考えのご様子であった。この喜前を直々に召され、キリスト教を捨てなされよと言われた」

ずばり核心に踏み込まれ、彼らは衝撃を受けた。

だが、それにしてもいまごろになって何故喜前は棄教の話を持ち出したのか、その真意とは何か。一気に疑心暗鬼が広がっていった。

一門衆が退出してすでに半時ほど。大広間は薄暗くなっていたが、それにも気付かず喜前は左衛門と密談を続けていた。

「効き目はあったようだな」

「動揺を隠せなかった。それに尽きましょう」

追従にも等しい左衛門の一言に喜前の表情も和らぐ。

数日後、さらに喜前を喜ばせる報告があった。

「それぞれに会合を開き善後策を協議するも意見纏まらず」

十五家はふたつの派閥に分かれ、党派を組んで勢力温存に凌ぎを削ってきた。

両派とも固い絆で結ばれ盤石の体制と思われたが、予想していなかった棄教の勧告に揺らいでいるという。

「もうひと押しだな。揺さ振りを掛け、結束を解きほぐさねばならぬ」

五

事態は二人の思惑どおりに推移しているかに見えたが、長年慣れ親しんできた信仰を捨てることは容易なことではない。棄教という大問題に直面した家臣たちが動揺し、キリシタンを牽引する一門衆が抵抗の姿勢を露わにすると、藩内は不穏な空気に覆われた。

また、一六〇五（慶長十）年早々、幕府との間に土地交換の話が持ち上がると、喜前はそれに専念せざるを得なくなり計画は棚上げ状態となった。幕府が保安上の問題をちらつかせ圧力を掛けてきたからである。

幕府が交換を望む土地は長崎の港に隣接する地域で、外国船の来航などに対する備えのためという。これに対し価値があるとは思えぬ浦上村など三村を大村領とする先方有利の交換条件であったので、突然持ち上がった話に喜前が戸惑いを隠せなかったのも無理はないが、このときの喜前は慎重であった。藩の置かれた状況を冷静に判断しようとしていた。そして、大村藩の抱える問題に比べ今回は些細なことと思い定め、幕府の申し入れを承諾して交換に応じることにした。

土地問題が持ち上がったことで、幕府領となる土地を宛がわれていた大村藩の重臣で喜前の姉婿でもある長崎甚左衛門純景が、これを不服として藩を退去するという予期せぬ出来事が起こった。

その後、甚左衛門は柳川の田中吉政に召し抱えられたが、すでに秀吉の時代に長崎の一部を天領として召し上げられ、さらに交換とはいえ、今回の措置には我慢できなかったのである。

だが、何故かこの一件には緘口令が敷かれ、甚左衛門の退去は極秘扱いにされていた。

不公平な条件に異議も唱えず喜前が交換に応じることにしたのは、藩の命運を左右する「御一門払い」を何としても成功させねばならず、そのためには幕府に睨まれる訳にはいかなかったのである。問題を乗り切るため喜前は不退転の決意で臨んでいた。替地の一件は家康に恩を売り、心証をよくする契機に成り得ると読んでいた。

また、土地問題をバテレン追放の布石にしようとの企みもある。それにはイエズス会バテレンが交換を焚き付け、幕府もそれを幸いと強く要請してきたため止むを得ず交換に応じた、という話をでっち上げる必要がある。

これだけの準備を整え、喜前は藩の窮状を一門衆並びに主だった家臣たちに訴え、理解を得ようとした。

「幕府の意向に逆らえばどうなる。そこを考えねばならぬ」

関ヶ原の合戦後、豊臣方の大名は取り潰しに会い、多くの家臣たちが禄を離れ浪人の身分に転落した。九州でも肥後の小西家が取り潰され、運よく他家に仕官した者もいたが、多くの旧臣たちは浪々の身となった。

「朝鮮出兵では勿論のこと、その他でも行長殿には世話になった。が、浪人となった旧臣たちに手を差し伸べる訳には参らぬ」

熱心なキリスト教徒であった行長は信仰を奨励していたので、家臣も敬虔なキリシタンの者が多くいた。

「藩を護るためにはキリスト教を捨てねばならぬ。故にキリシタンはいらぬ」

その一言が重く伸し掛かっていたが、誰も答えようとしなかった。あたかも拒絶の意思表示であるかのように。

そして、一門衆の一人が口火を切った。

「まだ禁教令が発令された訳ではありませぬ。出てからでも遅くはないと存ずる」

発言に力を得たのであろう、反対の意見が続出し座は紛糾した。

それを頃合いとみたのか、

「世迷言を言っておれるのもいまのうちじゃ」

喜前はそう言って立ち上がると、冷ややかな笑みを浮かべて去っていった。その後を左衛門が追う。

「深刻な事態を理解せず、棄教も拒否とは」

口とは裏腹に、別間での喜前には一門衆の反対を気にかけている様子は微塵も感じられなかった。

「これで却って遣り易くなったな」

喜前は表情を改めると左衛門に、

「駿府へ行って呉れぬか。本多正純殿が現地におられる。替地の件は承諾したと伝えてくれ」

一六〇三（慶長八）年に将軍となった家康は、二年後には秀忠に将軍職を譲り、自らは大御所として駿府に移り住むことにしていた。そのため側近筆頭の本多上野介正純が駿府で移転の準備に追われていたのである。その正純が替地問題の窓口であった。

「バテレン追放は必ず実行する。委細は書状をご覧くだされとな」

「それとこれから話すことはそちの胸にしまっておいてくれ。何としても一門衆は追放せねばならぬ。幕府の支援のもとに追放を実現する」

指示を受けた左衛門は慌ただしく出立し、一月ほど経った新緑の眩しい頃に戻ってきた。

「家康様ご移転の準備もあって、駿府は大変な賑いでした。本多殿もご多忙で中々会見の時間も取れませんでしたが、ようやく叶いました」

「して、上野介殿の様子はどうであった」

「大層なお喜びで。大御所様にも早速にご注進なされたようで」

左衛門は沈着冷静な性格で、大袈裟な言い様を嫌うことは承知していた。その彼が伝える正純の喜びようの尋常でないのが目に浮かぶようであった。

「それは重畳(ちょうじょう)。そちに行ってもらった甲斐があった。ご苦労であったな」

「上野介殿には当方に下向(げこう)のご意向と推測いたしました。幕府領となる土地の確認と、調印式も行わねばならぬと申されておりましたので」

「大事な御仁、失礼があってはならぬ」

その上野介から十日も経たぬうちに便りがあり、即座に左衛門が呼び出され打ち合わせが行われた。

「大御所様も大層なお喜びで、よくぞ承知してくれたと感謝の言葉が添えられていた」

満面の笑みを喜前は隠さなかった。

「それはようございました」

「それから、そちの言うとおり上野介殿は大御所様の名代として下向の予定じゃ。九月上旬には長崎到着とある」

そういうと喜前は目を閉じたままでいたが、

「よい折と思っておる。本多殿にバテレン追放の確約をし、藩政改革でのご援助をお願いする心算である」

そして、自分に言い聞かせるかのように、

「その時が好機」

何度も頷く喜前を目の当たりにして左衛門は主人の胸中を慮(おもんぱか)った。

「何としても成功させねばならぬ。儂(わし)の代で大村藩を潰す訳にはいかぬ」

まさに喜前の真意はそこにあった。

それにしても、左衛門にとって喜前の変身ぶりは驚きであった。頼り無げであった喜前が藩の将来を見据えている。頼もしさが感じられ、藩最大の危機も乗り越えることができるかもしれぬと思えてくる。

「さてそこでだ。藩としては替地問題はイエズス会バテレンの唆しによるもので、幕府も保安上の問題を強く主張したため、止むを得ず承知したということで押し通す。そのうえで、家臣たちにはバテレンの暗躍によって止むを得ずそうなったと説明する」

別人のような強かさに思わず左衛門は喜前を凝視していた。

「いずれにしろ、本多殿の到着後の打ち合わせ次第ということになるであろう」

九月初め、大村藩との土地交換の調印のため本多正純が長崎に到着した。今回の替地を以て長崎の主要地域はすべて幕府領となり、貿易拠点長崎は完全にその支配下に置かれることとなった。これで富を生む外国貿易の幕府独占の道筋はできたも同然である。

喜前の承諾を大御所が喜んだのも誇張ではなく正直な気持ちの表れであった。それとともに、出先機関である長崎奉行所の体制も充実・強化され、天領としての体裁は急速に整えられつつある。

だが、正純下向の真の目的は喜前が自藩での棄教を断行できるか、彼の本心を探ることにあった。表向きの目的である調印などは二の次のこと。喜前の書状にあるように、敬虔なキリシタンである一門衆の棄教に対する強烈な反対が予想され、棄教の実現は甚だ心もとない。

長年藩内に住み着いているイエズス会バテレンが、彼らの支えとなって後押しをしているとの情報も入っていた。

「上野介殿、遠路遥々ご苦労に存じます」

長崎まで出向いた喜前は、慇懃な挨拶で正純を出迎えた。何といっても天下人徳川家康の側近中の側近である。機嫌を損ねてはならぬ相手であった。

正純も大村家当主に丁重な挨拶を返しながら、

「喜前殿、御壮健で何よりです。この度は当方の願いをお聞き入れ下さり感謝致しております。大御所様も大層なお喜びで」

藩の対応を褒めることを忘れぬ、そつのなさである。

すかさず左衛門がこの時とばかりに、

「上野介様。今宵の宿所は当方で用意しておりますので、何卒お泊り下さるよう」

声を掛けられた瞬間、正純は戸惑っていた。相手が誰であったか思い出せなかったのである。

「これは大村左衛門殿でしたか。お心遣いかたじけない」

大御所の取次役でもある本多正純は、一日に多くの者と面談する。いちいち相手の顔を覚えてはいられない。忘れてしまうこともあるが、何とか大村藩の使者の顔を思い出すことができた。

左衛門が正純の宿所を訪れたのはその夜も大分更けた頃であった。

だが、正純は左衛門の来訪を見越していた。大村藩が用意した宿に泊まることにしたのもそのためである。

「不躾を承知で参上致したことをお許しください」

身を固くして控える左衛門の息遣いが聞こえてくるようであった。

「ささ、お入りくだされ。遠慮はいらぬ。ところでご用向きは」

招き入れるとじっと覗き込むように左衛門の顔を見つめ、目を逸らさなかった。

その強い視線に耐え切れず、

「主人喜前が本多様に相談に乗っていただきたいと申しております」

左衛門が重い口を開いた。

「何卒ご承引のほど」

そう切り出され却って好都合とは思ったが、

「相談事とは。厄介なことではないでしょうな」

了承しつつ、正純は勿体付けることを忘れなかった。

二日後、案内された高台にある屋敷で喜前と会った。庭からは長崎の港が遠望できる見晴らしのよいところであった。

「中々よいところですな。風通しもよく景色も素晴らしい」

「家臣の屋敷でしたがいまは誰も住んでおりません。外聞を憚るためここに致しました」

今日の喜前はどこまでも控えめであった。

「そこまでせずとも」

正純も畏（かしこ）まった喜前に閉口していた。

それで直ぐに本題に入ることにした。

「折入っての話とは。二人だけですのでご遠慮なく」

相手の緊張を解そうと正純も気を遣っていた。

「お心遣い痛み入ります」

喜前は素直に頭を下げ、

「棄教は必ず断行致します。それには領内に住み着いているイエズス会バテレンを追放せねばなりませぬ。まず、それを実行に移しますが、替地問題の処理が終わってから取り掛かる予定です」

飾りもなく話し始めたが、

「問題は重臣の多くが一門衆で、その彼らが頑迷なキリシタンということです。イエズス会とも緊密な関係にあり……」

ここまで来ると、言い淀んで先に進めなかった。

「書状にあった一門衆。貴藩浮沈の鍵を握る存在」

正純は喜前がそれ以上踏み込めなかった訳が何となく分かってきた。

「一門衆を棄教させせない限り、藩全体の棄教は成功しないということになりますかな」

喜前は苦渋の表情を崩さなかった。

「喜前殿、すべては一門衆の処分に掛かっておりますぞ」

「お言葉のとおりです。彼らを改宗させるか追放のいずれしかありませぬ」

「して、相談とはどのようなことでしょうか」

正純の問いに暫し沈黙していたが、意を決したのか喜前は座を下がって平伏すと、

「上野介殿、これから当藩で起きることには御目溢しとご配慮を賜りたく」

何が起きても幕府は介入しない。その言質を得ようとしていると正純には思えた。

「余程の御決意と推察致す。バテレンと一門衆を追放し、藩の棄教を断行する。それを確約できますかな」

正純もまた喜前の言質を取るべく詰め寄った。

「それを確約できるのであれば、大御所様にお取次ぎを致そう」

胸の内を覗き込むような正純の視線を受け止めると、

「大村藩の命運を賭けてお約束を実行致します。何卒、大御所様へ宜しくお取次ぎの程お願い申しあげます」

喜前はきっぱりと言い切った。

六

総登城の触れが出され、御目見得以上の藩士が大広間に集まったのは九月下旬のことであった。人の口には戸は閉てられぬという諺そのままに、藩内には色々な噂が駆け巡っていた。その落ち着かぬ中での総登城の触れである。

そして、固唾を飲んで成り行きを見つめる藩士たちを一層不安にさせたのが、いつもとは違うその場の異様な雰囲気であった。上座に藩主喜前と家老の左衛門、他の重臣たちは少し離れて着座していたが、いずれも苦虫を嚙み潰したような固い表情を崩さず、彼らの顰めっ面が厳しい局面を予測させるに充分であったからだ。

それと千々石清左衛門がいたのも気掛かりなことであった。

初めに家老の左衛門から説明があった。

「この度、幕府より長崎の一部地域と公儀領との交換の要望があった。幕府は保安上の理由から強硬に交換を要求、当方も諸般の事情を考慮し要請に応じることにした」

土地は長崎甚左衛門の管理地で、彼には代替地を宛がうことにしていたが、それを不満として藩を退去したとの報告もなされた。

「実は今回の土地交換はイエズス会バテレンが幕府に働き掛けを行った結果である。腹立たしいことではあるが、幕府に盾突く訳にもいかず承諾したことを報告しておく」

「また、大御所様の側近筆頭の本多上野介殿ご列席のうえ、調印式も滞りなく終了致した」

一通り説明を終えた左衛門が、

「この一件につき殿よりお話がある」

藩主に向かって一礼した。

すかさず喜前が、

「何故の幕府からの申し入れかと当惑したが、その裏でバテレンが動いていたことを知った時は驚きであった。彼らを信じていただけに、裏切られたことが残念でならぬ。そこまで悪行を巡らす輩とは思わなかったが、ここにいる千々石清左衛門から彼らのことを聞いて納得が行った。皆の者も清左衛門の話を聞くがよい」

指名を受けた清左衛門の表情が硬く引き締まって見えた。

「先年召し抱えられた千々石清左衛門でございます。ただいま、殿様より話をせよとの指示を賜りましたので、これまでのこと包み隠さずお話し致す」

　イエズス会に対する憤懣を抑えきれぬのか、それとも己の役割の重要性を弁えていたからか、清左衛門は緊張感と興奮を滲ませながら語り始めた。

「先代純忠公のお導きで私がキリシタンとなったのは幼少の頃でした。先代ご名代の遣欧使節正使としてヨーロッパにも参りました。帰国後はイエズス会員となりましたが、入ってみると外から眺めていた時とは大違い。バテレンの説く教えと修道院での実際があまりにも乖離していたため、会に不信感を抱くようになってしまいました。口では平等を唱えながら、彼らは日本人を見下し、差別していたからです。それに反発すると厳しい態度で当たり散らし、その挙句が無視するのです。それもあって、彼らの唱える博愛精神を疑うようになり、それが偽装・偽善であることが分かりました。彼らの本当の目的は布教活動を通して善行を施すことによって日本人を手懐け、信徒を増やしたうえで軍隊を送り込み国を乗っ取る。つまりバテレンは侵略国家の先兵であった訳で、それに気付いた私はイエズス会を退会することにしたのです」

　ここで喜前が口を挟んだ。

「儂もバテレンたちが悪辣な企みをもって我らに接していたとは思いもしなかった。もう彼らのすべてが信じられなくなった。太閤が西坂でバテレンら二十六人を処刑したのも、スペインの日本簒奪計画を、難破したサン・フェリペ号の航海士の取り調べで知ったからである」

尚も非難を緩めず、

「これでそちたちも、イエズス会バテレンが危険な存在であるということが理解できたであろう。それから、将軍家より直々にキリスト教を捨てよとの勧告がなされた。近々にも禁教令が発令される。我が藩も存続のためキリスト教を捨てねばならぬ」

誇張を交えながら危機的状況を語った。

清左衛門も、

「最近この近辺に托鉢修道会のバテレンが出没しておりますが、彼らは本国では尊敬されず嫌われている輩です」

こう付け加えることを忘れなかった。

家臣たちは日頃慣れ親しんできたイエズス会宣教師が土地交換で暗躍し、大村藩に損害を与えていたことを知って意外に感じた。だが、何よりもキリスト教を捨てねばならぬことに衝撃を受けていた。

下城の際もその話題で持ちきりであった。

「千々石清左衛門はイエズス会を追い出されたというではないか。そんな者のいうことが信用できるのか」

疑問を投げ掛ける者もいたが、

「殿様もあのように申されておる。長崎の土地を取り上げられたのも事実。現に甚左衛門殿は藩を去った」

彼らにとって藩が存続するかどうかは死活問題であった。棄教せねば藩を去らねばならぬ。このご時世では何処の藩も禁教令に従うであろうし、キリシタンを召し抱えるはずはない。

「大御所の懐刀の本多殿が当家に厳しい視線を注いでいるとのこと。対処を誤ると危ういことになるかもしれぬ」

「正純殿は当藩が棄教できるかどうかを監視する役割を担われているようだな」

「殿様も棄教を実現できねば、幕府に領地返上の申し入れの覚悟を固められたと言うではないか」

「それにしても、バテレン様はどうしてそのようなことをなされたのであろうか」

藩士たちは喜前と清左衛門の言い分を信じ込み、信頼するバテレンが実は藩を危機に陥れようとする元凶と思い込んでいる。

多くの家臣たちの反応は藩主側に伝わり、喜前と左衛門を喜ばせた。

「上々の首尾じゃ。そちもよく遣ってくれた」

喜前からお褒めの言葉を頂戴したが、清左衛門には特段の思いはない。

確かに喜前が称賛したように、イエズス会とバテレンに対する糾弾は効果的であったかもしれぬが、ありのままを述べたという思いしか清左衛門にはなかった。ただ、イエズス会という組織が、イエスの教えを歪めている事実をキリシタンたちに知らせたかっただけであった。

棄教問題に揺れる大村藩の領内からイエズス会の宣教師が追放されたのは、翌一六〇六（慶長十一）年に入って間もなくのことであった。彼らは抵抗することなく何処へともなく去っていった。

バテレンたちが領内から姿を消すと、清左衛門への喜前の信頼は高まり、それとともに彼は藩内で恐れ憚られる存在となった。一方で、妻との間に二人の子が生まれるなど清左衛門は順風満帆の只中に身をおいていた。四歳にして母一人子一人の境遇となり温かい家庭の味を知らなかった彼が、三十半ばを過ぎてようやく人並みの人生を送れるようになっていたのである。

だが、いつまでも都合よくことは運ばなかった。幸先のよい立ち上がりに成功を確信していたはずの喜前と左衛門であったが、奉教禁止を推し進めるも立ち往生する事態が続発し困惑していた。それだけ家臣たちの間にキリスト教が深く根差していたからだ。それまで沈黙を守っていた一門衆の主導の許、バテレン追放に対し非難の声が一斉に上がり、それに勢いを得たキリシタンたちが抵抗を始めたのである。

一門衆は追放されたバテレンたちと連絡をとって、疑惑の解明に取り掛かり反対の狼煙（のろし）を上げようとしていた。

そして、配下の藩士たちを集め、

「バテレン殿は土地交換を幕府に働き掛けたことはないと申しておる」

「これは我らを陥れようとする策略だ」

彼らを煽り立てた。

一方、予想外の抵抗に喜前と左衛門は慌てた。

「一門衆はバテレンの働き掛けのなかったことを摑んだようです。困ったことになって参りました」

左衛門の表情が冴えない。筋書きが狂い意気消沈の体である。

その左衛門同様、喜前も落ち込んでいた。正純の前に平伏しバテレン追放とキリスト教棄教を確約した、あの時の信念に後押しされた喜前ではなく、弱気の虫になり下がった喜前であった。

だが、家臣・領民すべてがキリシタンの大村藩である。その全員を棄教させることは並大抵のことではない。それをやり遂げると喜前は大見得を切ったが、幕府は見守る振りをしながらも実現不可能と予測していた。

実現できれば大村藩を安堵するが、できなければ取り潰してしまえばよい。いずれ禁教令が発令され、キリシタン大名は取り潰しの運命にある。大村家のような小さな大名が消滅しようが存続しようが大した問題ではない。長崎を取り上げてしまえば大村藩には何の価値もなかったからである。

このときの喜前はいつもの彼とは違う対応で危機を逃れた。彼自身、物事が簡単に進行すると考える癖があり、躓くと平気で方向返還してしまう節操のなさが付き纏っている。

父純忠のように養嗣子の立場で苦労したこともなく、生まれながらの公達の我儘と気安さを備えていた。それ故に、後先も考えず幕府に大見得を切った。

だが、幕府の冷酷な態度や一門衆らの反発・抵抗にあって腰砕け寸前であった喜前が必死に踏み止まることができたのは、二年間の人質時代に権力者の非情な論理を身近で見聞きしてきたからである。弱さを見せれば潰される。それが骨身に染みていた。ここは何としても切り抜けねばならぬ。それができなければ大村藩の明日はない。生き残るためにも家康や龍造寺隆信のように、非情に徹しなければならぬと心に決めていた。

バテレン追放がキリシタンたちの怒りに火を付けた頃から、喜前の清左衛門を見る目が変わった。信徒たちの怒りが激しさを増せば増すほど、喜前は清左衛門をまるで敵でも見るような目で見るようになった。本人は露知らぬが、バテレンと一門衆追放という目的だけで召し抱えられた清左衛門である。目的が破綻の危機に瀕すれば非難の的となるのは止むを得ぬことで、喜前の憤懣も募るばかりであった。

その喜前を清左衛門は冷ややかな目で見ていた。態度急変がキリシタンの抵抗が原因であることは承知している。それにしても喜前の態度は大人げないと思わずにはいられなかった。キリシタンを棄教させることがどれだけの難事業であるかは初めから分かっていたはずである。生まれながらの公達の気軽さと我儘ぶりは以前から承知していたが、その性格を早くも曝け出した喜前に呆れていた。

だが、清左衛門もまだ主君の喜前を従兄弟としてしか見ていない。さすがに最近の喜前を見て、彼がある目的を隠して自分を召し抱えたと思うようになった。藩の棄教を断行するための捨て石、使い捨てに利用されているのではないかという疑念であった。喜前は強かな為政者となっていたのである。

一向に衰えぬ藩士たちの抵抗に喜前と左衛門は対応に苦慮していたが、ここで挫けてはすべてが水の泡となる。何としても踏み止まり棄教を実現せねばならぬ。領地返上の覚悟をひけらかしてはいるのも本心ではなく、あくまでも家臣への脅しである。

そして、ついに喜前たちは強権発動に踏み切った。

「棄教せぬ者は何人たりとも藩を追放する」

さらに、

「家臣が一人もいなくなっても構わぬ。キリシタンでない浪人を召し抱えれば足りる」

と宣言し対立姿勢を鮮明にした。

この追放という一言は効き目があった。徐々に家臣たちの抵抗は弱まっていった。

だが、藩士の大半が腰砕けになって勢いがそがれようとも、一門衆がそれに甘んじていては沽券(こけん)に係わる。何としても喜前を遣り込めようとその隙を窺っていた。彼らもまた清左衛門同様、喜前を軽んじていたが、そこに自分たちの甘えがあることを理解してはいない。旧態依然のまま、いままでの地位に胡坐(あぐら)をかいていた。

取り潰しの危機にあることすら理解しようとせぬ一門衆は、藩主の責任追及の強談判(こわだんぱん)に及ぼうと時期を待っていた。

そして、棄教を推進する喜前と清左衛門との仲が険悪となったことを知ると、時期到来とばかりに談判に及んだが、束で掛かっても彼らは喜前の敵ではなかった。

「何を世迷言を申しておる。藩存続か取り潰しかの瀬戸際じゃぞ」

こう言われては二の句が継げなかった。

「明日にも幕府に棄教を宣言せねばすべてが終わる」

彼らの不満と怒りは見れば分かる。喜前も弱気の虫が頭を擡(もた)げたのか一門衆を敵に回す不利は承知していたので、つい追従めいたことを口にしていたが、それにはある目論見もあった。

「儂も何とか無難に済めばと願っていたが、幕府の方針故にそうもいかぬ。それと清左衛門の話を聞いたものでバテレンたちを許せなかったのだ」

迫真の演技で喜前は続ける。

「だが、それが嘘となれば儂も謀（たばか）られたということになる」

七

強談判に及んだがまったく歯が立たず、一門衆はすごすごと引き下がったとの噂はあっという間に広がっていった。それをきっかけに藩内の熱気は一気に冷め、キリシタンたちは意気消沈した。拠り所の一門衆がその体たらくでは藩士たちの抵抗もそれまでである。藩追放の脅しに屈し、棄教せざるを得ない事態となった。

一方、派閥を後ろ盾に藩主をも見下し、肩で風を切っていた一門衆の面目はこれで丸潰れとなったが、却って彼らの怒りは残り火のように燻（くすぶ）り続けることとなった。

そして、それが時として暴発する。

「一門衆が何か企んでいるようです」

「困った奴らじゃ。どうにもならぬことに当たり散らしおって」

喜前も呆れ顔である。

「手はあります。憤懣を取り除いて遣ればよいのです。誰かを槍玉にあげて」

怒りが喜前や自分に向けられることを左衛門は恐れていた。

「清左衛門がバテレンの暗躍を吹聴したとするしか手はない訳だな」

藩内の混乱の幕引きを望んでいた喜前は、清左衛門を槍玉にあげ事態の収拾を図ろうとする、左衛門の案を実行に移すことにした。

左衛門は一門衆の主だった者と会談し藩主の意向を告げる。

「藩の取り潰しを避けるため、幕府の方針である棄教を受け入れる」

いまとなっては彼らもバテレン追放と棄教は幕府の方針であると認めざるを得ない状況に追い込まれていた。抵抗したところでどうにもならぬが、胸に蟠（わだかま）る怒りは鎮めようにも鎮めようがなかった。

「御一門であろうと特別扱いはできぬ。棄教できねば追放ということになる」

ついこの間まで藩主をも凌いでいた一門の威光は地に落ち、いまや生殺与奪の権は喜前が握っている。

「殿には我らに一切の斟酌（しんしゃく）もなしか」

「ご自身、キリシタンであることをお忘れのようだな」

長年に亘って維持してきた権威の喪失。その屈辱感に彼らの怒りは頂点に達しようとしていた。

予想以上に喜前への怒りは激しかった。左衛門は認識の甘さを痛感していたが、ここで藩主への怒りを逸らすため清左衛門に責任を転嫁すれば、逆に彼らの怒りが喜前に向けられることは間違いない。

だが、それにしても一門衆は纏まりに欠けているように思えてならない。

「方々にはご理解いただけぬようですな。殿が如何に思い悩まれているかを。ことここに至ってはキリスト教信奉など世迷言に過ぎぬ」

再度釘を刺すと、それ以上の紛糾を回避しようと左衛門は会見を打ち切った。

報告を受けた喜前は一門衆の結束は弱まったと感じていた。それを裏付けるように、信仰を捨て藩主側に加わろうとする者も出始めている、との情報も入ってきている。

喜前は一門衆が動揺する中、どさくさまぎれに家臣たちの改宗に着手し、時を同じくして領民のキリスト教信仰をも禁じた。奉教禁止とともに喜前は領内の寺社復興へと舵を切ったのである。そして、盟友加藤清正の領国肥後から本妙寺の住持を招き本経寺を建て、法華宗に帰依することにした。

改宗を受け入れた藩士には一門衆のような意地も見得もない。只管、御家と己の安泰を願い棄教し、領民も本心をひた隠し藩士に倣って仏教徒となる道を選んだ。

収まらないのが一門の長老たちである。彼らには純忠を補佐して藩を護ってきたという自負があったが、それを喜前がずたずたにしてしまった。

「猪口才なサンチョ（喜前の洗礼名）め。つけあがるのもほどほどにせい」

誇りだけが拠り所の長老たちは、穏健派の忠告を無視して強硬派を唆けた。

「サンチョ討つべし」

不穏な動きは即座に藩主側に漏れ、喜前の身辺警護が強化された。喜前はこれを好機として強硬派の取り潰しに着手したが、藩主との対立が明白となったことで一門衆の分裂は決定的となった。

その頃のことであった。バテレンが幕府に土地交換を焚き付けたというのは真っ赤な嘘で、イエズス会のバテレン憎さに、清左衛門が仕組んだ仕業という噂が藩内を駆け巡っていた。

勿論、清左衛門にとって身に覚えのないことであったが、それ以後、次々と身に危険が迫ってきた。さすがに城内では何事も起こらなかったが、下城途中で刺客と思しき者に襲われたことも再三あった。

身の窮状を喜前に訴えたが聞く耳を持たず、薄笑いを浮かべるだけで相談に乗ろうともしなかった。従兄弟の冷酷な一面を見抜けなかった己の浅はかさに愕然とし、身に危険の迫っていることを思い知らされた。

喜前が、その刺客たちを差し向けたと分かったのは、清左衛門に同情的な藩士の情報からであった。藩の全員が清左衛門を憎み嫌っていた訳ではなく、同情を寄せる藩士も少なからずいたのである。

一方、喜前は清左衛門を槍玉にあげ不満分子の追及を逸らそうとし、一門衆は憂さ晴らしとばかりに清左衛門が討たれるのを心待ちにしている。

噂は清左衛門の耳にも入り、緊張を強いられる日々の連続であった。その日は何事もなく一日が過ぎ去ろうとしていた。屋敷に戻った清左衛門は微(かす)かな余裕が心に生じ、庭の片隅の投げ文を発見したのである。

「今宵、刺客が貴殿を襲うという噂がある。注意を怠らぬが肝要と存ずる」

文にはこう認めてあった。

最悪の事態は想定していた。清左衛門は刺客急襲の報せに躊躇することなく、その夜遅く身重の妻と二人の子を連れ大村を出奔した。

喜前が清左衛門一家が逃げ去ったのを知ったのは翌日のことで、その後程なく行き先が知れた。

「有馬に逃げ込んだか。晴信殿はミゲル贔屓故、手の打ちようがなくなったな」

喜前の推察どおり、晴信は清左衛門に同情的であった。

「苦労したようだな。だが、もう心配などいらん」

晴信の温情に目頭が熱くなったが、これもすべて自分の不明が招いた結果であり、利用される己の甘さに恥じ入るばかりであった。

藩士たちの冷ややかな視線に晒されながら、清左衛門は晴信の客人として有馬での日々を送ることになった。だが、誰もが客人ではなく厄介な居候としか思っていない。有馬家当主の名代としてヨーロッパへ行った栄光の遣欧使節正使ではなく、尾羽打ち枯らし逃げ込んできた敗残者清左衛門であったからだ。いつしか彼らの投げ掛ける視線は穀潰しでも見るようなものに変わっていた。

有馬に来て二年目の一六〇八（慶長十三）年の夏、清左衛門が大村で果たした役割も知れ渡り、周囲の視線が厳しさを増し始めた頃のことであった。有馬ではいまだキリスト教は禁止されておらず、藩士や領民の多くがキリシタンであったが、その彼らの間を遣欧使節のマンショ・マルチノ・ジュリアンの三人が揃って神父となったという風聞が駆け巡っていた。

噂は何処からともなく伝わってきたが、清左衛門は冷めた思いで受け止めていた。噂が彼を揶揄する話題となるのに然程の時を必要とはしなかったが、反論できる立場ではなかったし、できるはずもなかった。

だが、三人が羨ましいという思いは不思議と湧き上がってこなかった。ただ、彼らの我慢と頑張りを称えてやりたいだけであった。

周囲の厳しい視線にも慣れ、有馬日野江城での日々は淡々とすぎて行く。清左衛門も落ち着ける居所を見出したと安堵の胸を撫でおろしていた矢先の一六〇九（慶長十四）年十二月、晴信が長崎港でポルトガル船を撃沈したことがきっかけとなって二人の人生は大きく狂い始めた。

実はこの事件は南蛮貿易を牛耳る晴信の追い落としを企む、長崎奉行長谷川藤広が仕掛けた巧妙な罠で、それに嵌(はま)った晴信は知らず知らずのうちに奈落の底へと引き摺り込まれて行く。

そして、ポルトガル船撃沈で家康から称賛された晴信の前に現れたのが、幕臣で元長崎奉行所役人の岡本大八であった。彼は晴信に近付き、ポルトガル船撃沈の恩賞として有馬旧領の返還を大御所に掛け合うと持ち掛け、言葉巧みに多額の金子(きんす)を騙し取った。その当時、岡本大八は本多正純の有力な家臣であり、且つキリシタンでもあったので晴信は信用していた。

だが、一向に朗報の届かぬことに不審を持った晴信が正純に問い合わせたことで大八の嘘が発覚した。晴信の旧領返還の働き掛けが領地簒奪(さんだつ)を企てたと曲解され、それが家康の耳にも達してしまったことが晴信にとって不運であった。

悪事を企んだ大八は言い逃れできぬと腹を括(くく)り、晴信を道連れにしようと長崎奉行暗殺を晴信が計画していたと訴え、これに反論できなかった晴信は自ら罪を認める結果となった。一六一二（慶長十七）年のことで、その三日後に早くも大久保長安にお預けとなり、甲斐配流と決まった。

その頃国許では、大御所のいる駿府に召喚された晴信の不在をこれ幸いと、刺客が清左衛門の命を狙っていた。背教者の居候は厄介者にして疫病神であり、いつかは亡き者にしてやろうと、てぐすねひいて待ち構えている藩士がいたのである。

清左衛門はその男に闇討ちを食わされ瀕死の重傷を負った。一命を取り留めはしたが、頼りとする晴信のいない有馬は危険であった。いつまた襲われるか分からず逃げるしかなかった。

棄教者・背教者と蔑（さげす）まれ、行き場のない敗残者となり果てていたが、妻と子供たちを抱え野垂れ死にする訳にはいかぬ。傷の痛みに耐えつつ絶望の淵から這い上がろうと、生き残る道を模索し苦悩する清左衛門の逃げ込む先は長崎しかなかった。

長崎は貿易港だけあって、多くの人々が行き交い、町は繁盛し大変な賑いである。その雑踏の中に紛れ込んでいれば安全であった。大村や有馬の刺客から身を隠すことができ療養にも専念できる。また、選ばなければ糊口をしのぐだけの仕事はある。いまさら武士と構えている訳にもいかなかった。

ようやく傷の癒えた清左衛門は日々の糧を得るべき職にも就き、一家の生活が軌道に乗り始めた一六一二（慶長十七）年の暮、もう一人の遣欧使節正使であった伊東マンショがここ長崎で亡くなったという知らせを耳にした。小倉を拠点として周防・日向で布教活動に専念してきたが、細川忠興（ただおき）の領国豊前小倉で宣教師追放に遭い、長崎に戻り迫害の恐怖と闘ってきたが力尽き、イエズス会のコレジョで病死したのである。司祭叙階から四年、初心を貫いての死であったから悔いはなかったであろう。そう思いたかった。

ひっそりと友を見送った清左衛門は、その四年後の一六一六（元和二）年、喜前が急死したことを知った。これで大村の刺客に襲われる懸念はなくなったが、幕府を味方に付け一門衆追放に成功した喜前がキリシタンに毒殺されたという噂に、憎んでも憎み足らぬ喜前の当然受けるべき報いと胸の痞（つか）えがおりる思いがした。

だが、その一方で幕府の政策に翻弄されながらも、藩存続に賭けた喜前への微妙な感情が清左衛門の胸のうちで鬩（せめ）ぎ合っていた。

それから六年ほど経った一六二二（元和八）年、大村で長年布教活動に従事し長崎に追放されたルセナ神父の執筆した『回顧録』に、

「噂によればミゲルは前と同じく異教徒、あるいは異端者として長崎に住んでいる」

との記載が残されていた。それは彼がその頃まで長崎にいたことの証だが、その足取りを最後に清左衛門の消息は途絶えた。

そう思われていたが、喜前の死後、安定期を迎えていた大村家に仕えた息子が清左衛門にはいた。そして、その息子の用意した、大村湾越しに玖島城を望む屋敷を終の棲家として、清左衛門は生き永らえ、安らぎの一時を過ごしていたのである。

しかし、それも僅かな時間でしかなかった。都合よく利用し、用済みなれば切って捨てようとした喜前の仕打ちを言い訳に、大村藩の保護下に安住した己の生き様を取り繕ってきた。だが、殉教者への道を歩む中浦ジュリアンの消息を知り、自分自身の弱さを突き付けられることとなった。

それからはジュリアンの幻影から逃れようと、もがき苦しむ日々が清左衛門を苛(さいな)み、苦しみは六十四歳で世を去るまで続いた。

残る二人はその後どのような人生を送ったであろうか。

マルチノは司祭叙階の前後、長崎で布教活動に従事していた。マカオ留学が見送られたのも印刷事業になくてはならぬ人材として、南蛮人バテレンが彼を手許に置きたがったからだと言われているが、マルチノはミゲルのように反発せず、バテレンたちの指示に従順であった。

その彼もマンショの死の二年後の一六一四（慶長十九）年十一月初め、幕府の禁教令発令によって長崎に集結していた聖職者たちとともに追放処分となり、マカオに向かう船に乗った。

それから十五年、迫害下の日本から齎される同僚や信徒の壮絶な殉教の知らせに感動しつつ且つ心を痛めながら、マルチノはマカオで六十歳まで生き永らえた。周囲の南蛮人の決死の日本潜入が幾度なく失敗に終わるのを目の当たりにし、日本人司祭の活動が非合法下の日本の教会にとって、もっとも必要とされていたにもかかわらず、彼は日本潜入を試みようとはせず無為のうちに人生を終えた。その真相を語る史料はない。

最後になったが中浦ジュリアンのことに触れよう。

一六〇八（慶長十三）年、ジュリアンは司祭となって博多に赴任し、布教活動に従事して三年が経過していた。その間、順調に推移していたが一六一二（慶長十七）年を迎えるとジュリアンを取り巻く環境は激変する。岡本大八事件が起こるや家康がキリシタン禁圧に踏み切り、京都・長崎・有馬に禁制の令を下したからだ。

これに素早く反応したのが小倉の城主細川忠興であった。妻ガラシャが親炙（しんしゃ）していたセスペデス神父が急死すると、小倉で布教に従事していたマンショはじめ宣教師全員が追放され、小倉教区は壊滅的状況となった。

取り残された小倉の信徒を世話していたのが博多の神父たちであったが、家康の命令に従い城主黒田長政も宣教師追放へと動き出し、運命の年一六一四（慶長十九）年を迎える。この年、家康が禁教令を発令し、追放処分と決まった宣教師たちは続々と長崎に集まってきていたが、日本に残る決意の宣教師は官憲の手を逃れようと地下に潜伏した。ジュリアンもその一人であった。

追放処分に従わず日本に潜伏したジュリアンは、その時から牢獄と死との隣り合わせの絶えざる挑戦の日々を送ることとなった。彼に委ねられた司牧の拠点は口之津であったが活動は天草、南肥後、筑前、筑後にも及び、毎年その地域の信者を訪ねていた。信者の苦悩を知るジュリアンは、適切な説諭で彼らを導き、信頼される牧者となった。

導きを必要とする者がいれば苦難の道も厭（いと）わず、身の危険を顧みず出向いていく。常にジュリアンは信者とともにあり、彼らのために生き、彼らのために喜んですべてを捧げる心の準備ができていた。そして、迫害が緊迫を加える最中に終誓願を立てる。彼自身の手で記された書類がローマに保管されていて、それには歴史的事情と彼の覚悟が書き記されていた。

ジュリアンが捕まったのは一六三二（寛永九）年の暮、小倉でのことであった。五年ほど豊前で布教活動を続けていたが、それができたのは細川忠利のキリシタンへの理解があったからである。その忠利が肥後熊本に移封され、その後に小笠原氏が入封して間もなく、ジュリアンは捕えられ長崎に送られることとなった。

長崎では聖フランシスコ教会の敷地に建てられていたクルス町の牢屋、後に桜町の牢屋と呼ばれることになるところに入れられた。そこで多くの宣教師や知り合いと出会う。セミナリヨの同期生たち、深い関りのあったイエズス会員も殉教の準備をしていた。同時期マカオにいたベント・フェルナンデスと同期生クリストバル・フェレイラもいる。

一六三三（寛永十）年七月以降、次々と殉教者が出始めた。最初に殉教したのはトマス西堀、数日後にニコラス福永が穴吊りの責めを最初に受けた宣教師となった。

その後も殉教者は続き、九月末には親しい友であったがベント・フェルナンデスが亡くなった。

十月十八日に遂にジュリアンとイエズス会のアミダ・ソウサ、フェレイラ各神父、ドミニコ会のアロンソ神父、イエズス会イルマン二人とドミニコ会の修道士一人が西坂の刑場へと向かった。

幕府役人の見守る中、ジュリアンは、

「私はローマへ行った中浦神父です」

と言った。

そして、仲間たちに分かれを告げ、身を役人たちの手に任せる。

苦しみの中で数時間が過ぎると隣の方で騒ぎが起こった。

「フェレイラが転んだ。フェレイラが信仰を捨てた」。

フェレイラは棄教したが、他の者たちは皆最後まで主に忠実であった。ジュリアンも苦痛に耐え抜き、肉体の苦しみから解放された。初心を貫いた殉教者としての栄光の死で、ミゲルの死の一年後のことであった。

この中浦ジュリアンの殉教を以て、東西文明の交流史上に一筋の光彩を放った天正遣欧使節という歴史的壮挙も終わりを告げる。そして、時の権力者のキリスト教弾圧という時代の激流に飲み込まれ、日本の歴史から葬り去られ、忘れ去られた。

了

落とし穴

一

慶長十七（一六一二）年二月初め、肥前島原の大名有馬晴信は幕府有力者の出頭要請を受け、大御所家康のいる駿府へと出立した。

春まだ浅い旅立ちの日、日野江の城を後にした晴信を乗せた船が島原湾へ漕ぎ出し、船脚を速めて天草灘に姿を消すと、見送りの家臣たちは足早に帰途についた。だが、皆一様に口を閉ざし暗い表情を隠そうとはしなかったのは、主人がもう戻ってはこないのではないかという不安故であった。

まさに晴信が得意の絶頂から奈落の底へ転がり落ちたのは、慶長十四（一六〇九）年十二月十二日、長崎に来航したポルトガル船マードレ・デ・デウス号を、家康の許しを得て撃沈したことが発端であった。だが、駿府への出頭という事態が用意されていようとは、晴信が思い煩うはずはなかった。というのも、家康から頼まれた異国の珍品を南蛮貿易の実績を駆使して入手したことが評価されていたからだ。

それ以来、大御所とは親しい間柄となっていたが、それが長崎奉行への気配りを疎かにさせ、無防備な状況を作り出していることに晴信は気付かなかった。

一方、長崎奉行である長谷川左兵衛藤広にとって、外様の、それもキリシタン大名に南蛮貿易を牛耳られているのは許し難い事態であったが、伽羅(きゃら)の香木入手で家康の覚え愛でたい晴信に難癖を付けることはできぬ。それもあって、見て見ぬ振りをしながら、名誉挽回の機会を窺っていた。

抑々(そもそも)、伽羅の香木は家康が左兵衛に調達を命じたものであったが、入手できずにいた。それを改めて晴信に指示し、晴信が入手に成功していたのである。

その後、慶長十三(一六〇八)年に左兵衛と共同で、晴信が占城(チャンパ)(現在のベトナム中部)に派遣した朱印船がマカオに寄港中に事件が起こった。取引を巡ってポルトガル人と乱闘となり、現地のカピタン・モール(派遣船隊司令官)ペッソアが武力で乱闘を鎮圧、朱印船の乗組員に多くの死者が出たのであった。

事件発生当時、晴信は大御所との良好な関係を過信し、御家の先行きに些(いささ)かの懸念を抱いてはいなかったが、詳細を知らされると、強い憤りとともに戸惑いを感ぜずにはいれなくなった。仇(かたき)を討たねば武士の名分が立たぬが、さりとて取引先のポルトガルが相手では安易に動く訳にはいかぬ微妙な立場がそうさせていた。

その狭間にあって悶々とした日々を送る晴信の胸中を見透かすかのように、香木の一件で面目を失った左兵衛が、事件の中心人物ペッソアがマードレ・デ・デウス号に乗り長崎に来着すると吹聴した。そして、教唆にも等しい後押しで晴信に揺さぶりを掛けてきた。

勿論、ポルトガル船攻撃がどのような影響を及ぼすかを考えないではなかったが、晴信はいつの間にか、仇討を待ち望む周囲の期待に応えねばならぬ立場に追い込まれていたのである。

有馬家が徐々に窮地へと追い込まれようとしていた慶長十三（一六〇八）年当時、東アジアで生糸などの主力商品の貿易を独占していたのがポルトガルであった。大御所家康といえども、立ちはだかるポルトガルの壁を切り崩せずにいた。そこへマカオの事件が起こった。

一報を受けた左兵衛は、大御所がこれをポルトガル締め出しの絶好の機会と捉え、報復を許すに違いないと読み、晴信の排斥を策して情報を流し続けた。腰の重い晴信が報復に立ち上がるように仕向けたのは、ポルトガル締め出しが有馬家にとっては痛手だが、追い落としを狙う左兵衛には願ってもない好機となるからである。それ故、真意を悟られぬよう、万全を期して言葉巧みに報復を唆した。

左兵衛の読みどおり許可がおり、晴信も家康の意を迎えようとマードレ・デ・デウス号攻撃に踏み切った。

太閤秀吉のバテレン追放令以来、キリシタンへの風当たりは強く、その荒波に翻弄されながらも必死に矛先を躱し家名を繋いできた晴信にとって、ここで幕府に睨まれては元も子もない。そのような事情が加わりポルトガル船を撃沈した。その働きを称賛され、首が繋がったと安堵の胸を撫でおろしていた。

家康も莫大な利益を生む貿易を独占してきたポルトガルを追い出し、スペインとオランダにその役割を担わせることができると確信し、晴信を持ち上げ称賛を惜しまなかった。称賛だけで済んでいれば何の問題も起こらなかったが、煽てに乗せたうえに恩賞話をでっち上げた男がいた。嘗て左兵衛藤広に仕え、いまは家康の側近筆頭本多上野介正純の家臣岡本大八であった。大八がキリシタン仲間という気安さと、ポルトガル船攻撃時の目付役でもあったので、晴信はその後も大八と懇意にしていた。

それにしても奉行所の役人でもない大八が、目付役という役目を仰せつかったことに晴信は無関心であり過ぎた。注意深く見守っていれば見えてくるものがあったはずだが、それを見逃していた。晴信は知る由もなかったが、任命には大八の旧主左兵衛藤広の大御所への働き掛けがあった。

妹が家康の側室で自分も家康の寵臣の一人であり、それなりの権限と力を持ち合わせていた左兵衛である。目付役の一人や二人、奉行の権限でどうにでもなる。家康も忠実な家臣左兵衛を信頼していたので彼に一任することにした。

こうして大八は晴信の懐深く食い込むことに成功した。また、本多家に鞍替えしたとはいえ、大御所の寵臣左兵衛との関係を仇や疎かにはしていない。これに対し左兵衛も、大八の願いを聞き入れ本多家への仕官を許したことで、幕府の実力者本多正純との縁ができた。大八は出世の糸口を、左兵衛は幕閣の有力者との関係強化を図るという、両者にとって都合のよい仕官話である。

このような経緯もあり、大八は左兵衛と以前と変わらぬ良好な関係を維持しつつ、奉行を介して色々な情報を得ていた。そして、その中に重要なものが含まれていた。

「長崎の一件で大御所さまも有馬に褒美を取らせねばならなくなった」

何気ない一言に、有馬晴信を陥れようとする左兵衛藤広の深謀遠慮が巡らされていようとは、世故に長けた大八でさえ気付かなかった。

だが、金の匂いだけはしっかりと嗅ぎ取っていた。

「これは金になる」

利に聡(さと)い大八にはそう思えた。

実は本多家の家臣となって出世への道を歩み始めたが、長崎奉行所の役人であった頃に比べ身入れは格段に減った。以前は商人から何かにつけ賂(まいない)を受け取っていたが、本多家ではそのような機会は稀で、懐具合がよくなかったのである。

対照的に有馬家は南蛮貿易で相当の利益を得ていて、金蔵には金銀財宝が山のように積まれているという噂であった。それに目を付けぬという手はない。

金廻りがよく脇の甘い晴信を煽てて、嘘八百を並べ、金をせしめようと大八は策を練り始めた。そして、有馬の邸に出向いた時には嘘で固めた恩賞話が出来上がっていた。

「大御所さまが有馬殿の此度の働きを激賞され、恩賞を取らせようとお考えとのこと」

上目遣いで晴信の反応を窺っていた大八は畳み掛けるように、

「有馬殿の旧領三郡が話題に上っているように聞き及んでおります」

その恩賞が鍋島領となっている有馬旧領の肥前藤津・彼杵(そのぎ)・杵島(きしま)の三郡の返還という。

これらは晴信が待ち望んでいたもので、祖父晴澄の時代には有馬家の領地であった。

「ただ、鍋島殿への配慮を欠かせず、結論が出せずにいる」

思案顔の大八であったが、

「とはいえ、幕閣の有力者を動かせば何とかなるかもしれませぬな」

ぽつりと呟いた。

「そのお方とは」

それには答えず終(じま)いであったが、自信有り気な大八の様子から、晴信はその人物が本多上野介正純と当たりを付けていた。

何といっても正純は家康の側近筆頭である。この実力者への働き掛けを任せることにしたのも、キリシタンである大八に全幅の信頼をおいていたからである。

「宜しく頼む。後日、活動資金を遣わそう」

有馬家の長崎の邸を退出した大八は、それまでの慇懃(いんぎん)ぶりとは打って変わり、

「あれならだいぶ絞れるな」

狡猾そのものの表情で算盤を弾いていた。

その後も大八は頻繁に有馬邸を訪れ、

「もう少しで有馬殿の期待に添えますぞ」

途中報告も抜かりなく、晴信の機嫌を取り結ぶことを忘れなかった。南蛮貿易で潤う有馬家から更なる金品を騙し取ろうと接触を続けていた。そして、事態が一向に進展しないにもかかわらず、大八に渡った金子は六千両にも及んでいた。

その大八がぱったりと顔を見せなくなった。

「このところ岡本殿は顔を見せぬようだが」

足繁く出入りしていた大八が姿を見せぬのに、有馬家の家臣たちも首を傾げていたが、それは晴信も同様であった。

「誰か様子を見て参れ」

不安になって家臣を大八の宿舎に向かわせたが、

「すでに宿は引き払っておりました。奉行所に尋ねましたところ、駿府に帰られたとのこと」

戻ってきた家臣も浮かぬ表情を隠さなかった。

「挨拶もせずに帰国するとはどういう了見じゃ」

礼儀知らずの振舞いに、晴信は問い詰めねば腹の虫が収まらなくなっていた。即座に大八宛てに詰問状を送ることにした。

一方、予想もしなかった晴信の書面を受け取った大八はその立腹ぶりに驚き、慌てて筆を執った。

「主人上野介から至急帰国するようにとの指示で致し方なく」

都合のいい言い訳を書き添え、

「大御所との謁見も叶い、上手い具合に話も進んでおります」

あたかも順調に推移しているかのように返書を認めた。

そう返答されては晴信も闇雲に怒る訳にもいかない。疑いつつも、しばらく様子を見ることにした。

待つ身には苛立ちの連続であったが、相変わらず朗報は届かず、痺れを切らした晴信は問合せずにはいられなくなった。

晴信の再度の督促に海千山千の岡本大八も、このままでは嘘がばれると不安になった。それで旧領地下賜を認める家康の朱印状偽造で躱そうとした。

晴信への褒美という左兵衛の一言が思いつかせた奇手であったが、朱印状を見て喜ぶ晴信の様子が目に浮かび、この一手でしばらくは時間を稼げるとの思惑も働いていた。ここまで来てしまった以上無事に済むとは思わなかったが、晴信が諦めるまで嘘をつき続ける腹は固まっていた。

最後はそうなるとの自信に裏打ちされたもので、晴信が己の命と引き換えにしてまで事を荒立てることはないと踏んでいたのは、

「有馬晴信がこの左兵衛を襲う計画を練っているとの密告があった」

奉行から晴信の致命傷ともなり得る襲撃の企てを聞かされていたからである。左兵衛も奉行所の機密事項まで教えて信用させ、大八を自家薬籠中の物としていた。

晴信が左兵衛と抜き差しならぬ間柄となったのは、伽羅の香木で左兵衛の面目を失わせたという個人的理由がきっかけであったが、両者の立場の違い故であった。

南蛮貿易の総元締めである長崎奉行と、その支配下にありながら貿易の利権を手放そうとはせぬ有馬とは、いつかは衝突せざるを得ぬ運命にあった。外国との交易を牛耳るキリシタン大名、その筆頭有馬晴信を追い落とし、南蛮貿易の幕府独占を成し遂げる。これこそ左兵衛に課せられた役割であった。その左兵衛は任務遂行を果たすべくマニラを拠点とするスペイン系のドミニコ会に接近し、生糸貿易を独占してきたポルトガルとその背後で商人たちを操るイエズス会を締め出す計画を実現しようと画策していた。

これに対し、イエズス会を介しての取引が利益の大半を占める有馬家にとって、同会が日本から追放されることは、取りも直さず南蛮貿易から締め出されることを意味する。そして、いまやその実現に突き進む左兵衛は、晴信にとって危険な存在となっていた。

左兵衛がマードレ・デ・デウス号を攻撃するよう唆したのも晴信を陥れるための策略であった。晴信も自分の頸(くび)を締める結果となるであろうという思いが頭の片隅を過(よぎ)ったが、引くに引けぬ立場から撃沈し、ポルトガルやイエズス会とともに没落への道に踏み出していった。

大八は目付役として長崎に赴いた時、ポルトガル船撃沈を巡って左兵衛と晴信が激しく対立していたのを目撃していた。ポルトガルとの関係悪化を気遣い、交渉の余地を残すべく攻撃に手心を加えようとしていた晴信に、

「何をもたもたしている。口ほどにもない役立たずの腰抜け大名が」

苛立つ左兵衛が激しく非難を浴びせると、

「許せぬ暴言。殺しても飽き足らぬ。唯では済ませぬぞ」

晴信も激高し、そう口走ったのを大八もしっかりと聞いていた。

二

偽の朱印状を攫(つか)まされたとも気付かず、恩賞の実行されるのを晴信が首を長くして待っていた丁度その頃のことであった。駿府にいる有馬直純に結婚話が持ち上がっているという報せが日野江の城下に飛び込んできた。直純は晴信の長男で家康の小姓として仕えていたが、それは名目上のことで人質以外のなにものでもない。

晴信も幕府への恭順の意思表示として駿府へ我が子を差し出していたのだが、有馬家に限ったことではなかった。それと、妻に先立たれた晴信が慶長四（一五九九）年に再婚し新しい家庭を築いていたことも、直純の駿府下向を急がせたもうひとつの理由である。

元服の年齢を迎えていた直純は、自分と六歳しか違わぬ若い妻を父が娶(めと)ったことを複雑な思いで見ていた。晴信も息子の胸中を思い、家中の混乱を避けるためにも、日野江に居させないほうがよいという結論に達した。

そして、駿府に来て十年が経ち、直純はもう二十四歳になっていた。その年齢であったから妻帯していたが、妻は国許(もと)に置いたままである。

この不自然な状況は直純の順調でなかった人生を象徴していた。家臣の娘である妻は三度目の結婚話で娶り、二人の間には女の子が一人いる。最初は小西行長の姪との話であったが、行長の敗死で実現することはなかった。二度目は叔父大村喜前(よしあき)の娘メンシアとの結婚であったが、僅か一年で妻は他界してしまった。

直純が小姓として家康に仕えている間に、島原では事態は彼の望まぬ方向に進行しつつあった。父晴信と新しい妻ジェスタとの間に次々と四人の子が生まれていたのである。男の子二人にも恵まれ、父が彼らを溺愛しているという話も漏れ伝わってきていた。晴信を快く思わぬ左兵衛が、有馬家改易という目論見を内に秘め、家康へ有馬の事情を詳細に亘って報告していたのだが、直純に漏れさせる目的があった。

晴信の再婚相手ジェスタは権大納言中山親綱の娘で、同じく公家の菊亭季持(すえもち)と結婚し男子を儲けたが、夫が早死したため未亡人となった。晴信も朝鮮出兵中にその陣中で妻ルチアを亡くし独り身であったので、小西行長の取り計らいでジェスタを妻に迎えることにした。キリシタン同士という意識で結ばれた二人は互いに慈しみあい、晴信もジェスタとの結婚生活に満足していた。

だがその情報は直純を疑心暗鬼にさせずにはおかなかった。自分だけが除け者にされ、異母弟に取って代わられるという恐れである。それは父への不信感でもあった。

そんな折に結婚話が持ち上がってきた。大御所が直純に目を掛け可愛がっていたこともあるが、整った顔立ちの直純を出戻っていた曾孫の国姫が気に入り、嫁ぎたいと思うようになったのである。嫁ぎ先が御家騒動が原因で改易となったために十四歳という若さで離縁させた国姫を家康は気掛かりで、その嫁入り先を探していたことも話を前進させた。


さすがに大御所のいる駿府である。ここにいると日本全国のことが手に取るようにわかる。顔見知りの徳川家の家臣はこっそりと情報を漏らしていくし、人質仲間の噂話は情報源であった。そうしたものに接しているうちに、直純は有馬家を取り潰す計画が幕府内部にあることを知った。キリシタンを庇護し宣教師を支援しているという噂の絶えぬ、そしてまた、南蛮貿易で財政の豊かなことが理由のようであった。

祖父の義貞や父晴信とは違って、直純は自らの意思でキリシタンになった訳ではない。誕生と同時に洗礼を受けた、生まれながらの信徒であった。だが、却ってそれが信仰への思いに微妙な影を落としている。強い意思に基づく信仰心に欠けていたのである。平穏な時代であれば波風は立たなかったであろうが、直純が成長するに従い状況はキリシタンに厳しいものになっていった。

　領国島原では以前と変わらず信仰生活を送っていたが、迫害は身辺に迫りつつあった。駿府に遣(や)ってきた時分には、いつキリシタン禁令が出されても不思議はない状況にあったが、大御所が南蛮貿易の利益を捨てきれず、決断できずにいただけのことである。

　駿府での日々もキリシタン大名の子息として、直純に厳しい視線が注がれていた。ここでは周りすべて異教徒(ゼンチョ)である。大御所も口には出さぬが、キリシタンを忌避しているのは明白であった。

　だんだんと事情も呑み込めてくる。何かきっかけがあれば、一気にキリシタン禁令に突入する。信仰を捨てれば領地を安堵し、そうでなければ躊躇なく弾圧する。それが幕府の基本方針のようであった。

　小耳にはさむ話はキリスト教への悪口雑言であり、世の中の動きを知れば知るほど父の身の上が心配になってきた。キリシタン禁令が出たらどのように対処するのであろうか、果たしてその荒波を乗り越えることができるであろうかという懸念であった。関ヶ原で敗れ刑死した小西行長同様、父は熱心なキリシタンで、その信仰に些かの変化もなかったからである。

父が敬虔なキリシタンとなったのは、有馬家を救ってくれたイエズス会の日本巡察師であった、アレシャンドロ・ヴァリニャーノ神父への、感謝の気持ちからだと聞かされていた。当時の有馬家は強敵である佐賀の龍造寺隆信の侵攻に手を焼き、防戦一方の戦いに終始していた。家中総出で敵侵入を阻止し、追い返してきたがそれも限界に近づいていた。その時、イエズス会の拠点造りをしていたヴァリニャーノが晴信に支援の手を差し伸べ、鉄砲と火薬の軍事物資を提供してくれたのである。

火力の効果は凄まじく、敵を圧倒し撤退させた。この戦いで持ち直した有馬勢は薩摩の島津と連合軍を編成し、強敵龍造寺隆信を沖田畷の戦いで敗死させ危機を脱する。その後イエズス会の支援の許、近隣を切り従え旧領を回復していった。

ヴァリニャーノ師とは直純も面識があった。温厚な人柄で日本人にも理解のある好人物であり、父が彼に好意を抱いていたのは分かっていた。押しつけがましくない、包容力があったのも覚えている。それ故に、父は師への感謝の念からキリスト教に帰依しようと決意し、追放された宣教師を迎え入れ、コレジョやセミナリヨを建てる土地を与えた。ジェスタとの結婚式にも師が列席し祝福するなど、二人は強い絆で結ばれていたのである。ヴァリニャーノ発案のローマへの少年使節派遣にも父は協力を惜しまなかった。

彼ら四人が青年になって長崎の港に戻ってきた時も、父は従弟の大村喜前とともに出迎え、有馬での祝宴にはまだ四歳であった直純も挨拶にでた。ローマ教皇から送られた勅書・十字架聖木・剣・帽子を手にした父は、幼かった直純にも誇らしげで輝いて見えた。だが、信頼に足るヴァリニャーノはもう日本にはいない。イエズス会の指示による離日は布教活動の頓挫を意味していた。その頃から迫害は激しさを増し、キリシタンは追い詰められていった。それは有馬家も同様であった。

父や有馬家が光彩を放っていた時代は遠い過去のものとなり、二度と戻ってこない遥か彼方へと過ぎ去っていた。否定し得ぬ事実であり、まずそれを認めなければならぬ。そのうえでキリスト教と決別する。その決断に有馬家の将来が掛かっている。それらが綯い交ぜとなって、父が当主で有り続ければ有馬家は危ういとの思いが、直純の心の中で大きくなり始めていた。

有馬家の事情などお構いなしに結婚話は進んでいた。駿府城内はその話題で持ち切りである。信康の孫国姫への大御所の思い入れは強く、この話を纏めようとしていた。直純も活発で賢い国姫に傾く自分を抑えることができなかった。いっそのこと、徳川家の姫を迎え、御家安泰のお墨付きを頂戴しようか。抗し難い誘惑であったが、直純には乗り越えねばならぬ障壁が横たわっていた。妻との離婚であるが、これは簡単なことではない。縁談は晴信の耳にも入っていた。若殿付きの老臣からの連絡によるものであった。それを知って危惧していた事態がついにきたと思った。外様の大名の子弟に徳川家の姫を嫁がせ姻戚関係を構築する。権力者のやりそうな手口であったが、秀吉の時代もそれは変わらぬ。それはそれで生き残る方便であるのは理解できるが、キリシタンの妻のいる直純の場合は、教会が反対するであろうことは目にみえていた。

離婚は義貞や晴信が営々と築き上げてきたものを、直純が自らの手で破壊し、有馬家の歩みを否定することであったが、分かっていながら晴信は反対することができなかった。悲願でもある旧領回復が念頭を去らなかったからである。いま大御所を怒らせ、機嫌を損ねるのが得策でないのは晴信が一番よく承知していた。怒らせてこの好機を失っては何もならぬ。自重こそ今一番求められる。それに拘(こだわ)る故に晴信は動けず、妥協してしまった。

一方、教会と決別し国姫との結婚を決断した直純に迷いはなかった。鎌倉時代に肥前島原半島に根を下ろして以来、連綿と繋いできた有馬家を守るためにはそれしかない。これも時勢と腹を括(くく)り、父の失脚という代償を払ってでも自家を護ることこそが使命と己に言い聞かせていた。

これで有馬家の処分、晴信を隠居させ嫡子直純を有馬家当主とする幕府方針の条件が整った。晴信の実権を奪い、南蛮貿易からも締め出す。有馬家は行く行くは徳川家の姻戚大名として幕府体制に組み込み、南蛮貿易は幕府の直轄管理として、その莫大な利益を独占する。これこそ、左兵衛に与えられた任務であり、思い描く筋書きであった。

幕府や左兵衛の思惑どおり、直純は妻マルタと離婚し慶長十五（一六一〇）年に国姫と結婚した。離別されたマルタは日野江を去り、千々石（ちぢわ）に身を隠したが、再婚を拒否したため長崎を追放されたという記録が残っている。だが、自家存続のことしか頭にない直純に、夫への思慕を断ち切れぬ妻を思い遣る心の余裕などあろうはずはなかった。

結婚によって筋書きの半分は達成されたが、晴信をどのような理由で隠居させ、直純を跡目とするかについてはなかなか妙案が浮かばなかった。晴信が弱みを見せぬ以上、動きようもなかったからである。

三

すでに直純の結婚から一年が経っていた。有馬家を巡る状況に変化はなく、幕府や左兵衛藤広たちが苛立ちを募らせていたが、事態を思わぬ方向に動かしたのは、動いてはならぬはずの晴信であった。ポルトガル船撃沈後、旧領回復という餌に飛びついた晴信が、いつまで経っても届かぬ朗報に痺れを切らし、行動を起こしたのである。

話を持ち掛けてきた岡本大八には大枚の金子を渡している。そのうえ、大御所の旧領返還を認める朱印状まで手許にある。何故、実行されぬかと不審に思うのは当然であった。偽の朱印状とは思ってもみない晴信は、大八の主人なら承知しているであろうと、駿府の本多正純宛てに書状を送ることにした。

それが慶長十六（一六一一）年暮れのことで、受け取った正純は名前だけは知っているが馴染みのない、肥前島原の有馬晴信からのものであったので戸惑ったのも尤もだが、一読してその内容に驚かされた。大御所発給の朱印状の実施時期を確認する内容であったからだ。

与り知らぬ正純は最初内容が呑み込めなかったが、晴信の保管する朱印状に有馬旧領三郡の返還という文言の記載があるという点に注目した。それで駿府でも評判になった、ポルトガル船撃沈に対する晴信の恩賞のことと察しを付けたのである。その時の目付役が家臣の大八であったことも思い出した。

しかし、事件発生から二年ほどが経過しているが、大御所からそのような指示はなく、話題にも上っていないことは正純が承知している。それでも内容が内容だけに無視することもできず岡本大八を呼びつけたが、与り知らぬの一点ばりで埒が明かなかった。こうなっては晴信と大八を直接対決させ、事実を明らかにするしかない。

一方、召喚とも言っていい正純の出頭要請を受けた晴信は、それまでの心地よい空想の酔いから現実に引き戻され、驚くとともに冷静ではいられなくなった。

出頭要請とは只事ではなく、取り調べも受けるであろう。何のための出頭要請かを探ろうと、晴信は長崎奉行所に出向いたが役人たちは一向に要領を得ない。奉行の左兵衛にも面会を求めたが、多忙とのことで会ってもくれぬ。ポルトガル船来着の際は直々の指示で晴信に連絡してきた左兵衛であったが、今回は木で鼻を括ったような対応であった。

それでも晴信と付き合いのある奉行の下役が、不確かな情報と断って教えてくれた。

「晴信殿の送った書状が物議を醸しているとのことで」

顔を顰めながら続けた。

「よくご存知の御仁が関わっていると漏れ伝わっております」

それを聞いて左兵衛に面会を断られた訳が何となく呑み込めた。詳細を知っている左兵衛が関わりたくない一心で拒絶したに違いないが、却って大八と裏で繋がっていることを連想させた。

そのような状況下でも晴信には追い込まれたという思いはなかった。何も疚しいことはしておらず、大八に活動資金を与えていただけである。それと何かあれば、大御所に申し開きをすればことは済むと高を括っていた。

だが、有馬家の家臣たちの見方は違っていた。晴信を窮地に追い込もうとする力が働いていて、直純の結婚がそれを証明している。キリシタンの妻と離婚し、徳川家の姫を継室に迎え、キリスト教との決別を宣言した直純を晴信の後釜とする、というのが幕府の筋書きではないのか。今回の一件を契機として、一気に決着をつける手筈となっており、主君晴信は隠居に追い込まれる。家臣たちにはそう映っていた。

慶長十七（一六一二）年二月中旬、駿府に着いた晴信は逸る心を抑えながら本多正純邸に入った。岡本大八も出頭していて、大広間で二人は対決することとなった。正純にはしらを切っていたが、晴信が持参した朱印状を突き付けられては、大八も観念し白状するしかなかった。それも選りによって幕藩体制の根幹ともいうべき、領地に関わる大御所の朱印状の偽造は大罪であった。

こうなっては正純も家臣であろうと容赦する訳にはいかず、いずれ公儀の御裁きを受けさせるために、大八を獄に入れ、身柄を確保することにした。

獄には入れたが正純は迷っていた。この時点ではまだ公にはなっていない。何とか内々に済ますことはできないか、三人だけの問題として処理する手立てはないのかと腐心していた。だが、最早（もはや）、個人の問題として処理する範囲を大きく逸脱していた。

正純は降ってわいたような家臣の不始末の処理に頭を悩ましていた頃、二代将軍秀忠の懐刀大久保忠隣（ただちか）を盟主とし、それを大久保長安が支える勢力は、対立する派閥の中心人物である本多正純を権力の座から追い落とそうと失態を嗅ぎ廻っていた。

その甲斐あって、恩賞話を餌に正純の与力にして取次役の岡本大八が、晴信から多額の金子を騙し取ったという情報を摑んだ。また、金の一部が正純に渡っているのではないかという疑いが強まり、長安たちは追い落としに自信を深めていたのである。

こうなっては正純といえども、疑惑を払拭せねばならぬ立場となった。

家康は大八が晴信からくすねた六千両の一部を、正純が受け取ったとは考えていなかったが、その真偽は正さねばならぬとは思っていた。もし受け取っていたならば、正純の処分も止むを得まいと決めていたが、大八が明確に否定したことで正純の嫌疑は晴れた。

大御所の意向を汲んで暫(しばら)く謹慎することになった正純に代わり、大久保長安が主宰者となって事件に首を突っ込んでくると雰囲気は一変した。

この主宰者の変更は大八に衝撃を与え、甘えた気分は吹っ飛んでしまった。それまでの大八は逃げ切れると信じて疑わなかったが、長安の登場でその思惑は脆くも崩れ去った。身柄も正純邸から長安邸に移され、厳重な監視下に置かれることとなった。

二月二十三日、大久保長安邸で評定(ひょうじょう)が始まったが、正純の敵長安の追及は想像を遥かに超える厳しいものであった。偽造の朱印状が動かぬ証拠となって、雄弁を誇る大八でさえ言い逃れはできなかった。そして、幕府の根底を揺るがす大罪を犯したとして、即座に入牢が申し渡された。

これに対して大金を騙し取られた被害者のはずの晴信ではあったが、結果として詐欺の片棒を担ぐ落度があったと判定され、厳重注意を受けることとなった。

あとは岡本大八へ罪科が申し渡されるだけとなったが、死罪は免れぬであろうというのが大方の予想であった。

大久保長安邸の牢屋に押し込められ、罪名の決まるのを待つ身となった大八だが、それで大人しくしているような殊勝な人間ではない。極刑は免れぬと覚悟は決めていたが、どうにも腹の虫が収まらぬ。その思いが己の悪事を棚に上げ、見苦しい所業に終始させることとなった。この一筋縄ではいかぬ強(したた)か者は、散々甘い汁を吸ってきた晴信を逆恨みし、一泡吹かせようと心に決めていた。

ふてぶてしさを曝(さら)け出す相手に対し、晴信は大八がこれほどまでの恥知らずとは思いもよらず、キリシタン仲間というだけで相も変わらぬ信用を寄せていた。そして、大枚の金子を活動資金という名目で騙し取られたうえに、窮地に追い込まれてしまった。

それもこれも人を見る目の無さ故で、あまりの不明さに恥じ入るばかりであったが、厳重注意処分で済んだのは不幸中の幸いと言えなくもなかった。

しかし、事件は意外な展開を見せ始めていた。大八が獄中から晴信の左兵衛謀殺の企てを上訴に及んだのである。この大八の上訴を受け、三月半ば、長崎奉行暗殺未遂事件の評定が開始される運びとなった。

ここに二人は再び対決することとなったが、大八は激しい怒りを滾(たぎ)らせ、晴信を罪に陥れようと策略を巡らせていた。何といっても、長崎の商人たちを手玉に取ってきた口八丁手八丁の大八である。得意の弁舌で捲くし立て、評定の場を終始有利に進めていく。

対照的に朝鮮の役での勇猛果敢な武人として世間の認める晴信だが、弱味に付け込む相手の矛先を躱す器用さと機転の持ち主とは言い難く、悪知恵を駆使できる性格でもなかった。また、平気で嘘をつく強かさを持ち合わせてもおらず、大八の証言に押し捲られ気味であった。

だが、奉行暗殺未遂計画には物的証拠はなく、晴信が口走った、

「このままでは済まさぬぞ」

という大八の証言が証拠では、相手を追い詰める迫力に欠けていた。

大八の巧みな誘導によって評定の形勢は晴信不利に傾いているかのようにみえた。それに加え、取り仕切る長安が晴信に政敵本多正純を重ね、激しく追及してくる。大八を利用して晴信を自供に追い込もうと必死であった。晴信を落とせば正純の大八への監督責任は免れぬところとなり、忠隣派にとって正純派を追い落とす足掛かりとなる。

そのためにも何とかして自供に追い込みたいが、証拠が大八の証言だけでは如何せん弱い。物的証拠があれば、晴信を失脚させたがっている左兵衛がすでに手を打っているはずで、それがないのは確固たる物的証拠がない証左以外の何ものでもない。晴信の自供以外に決めてのない長安たちは手詰まり感に焦燥感を隠さなかった。晴信も相手の攻め手の無

さを知り、評定の先行きにそれなりの見透しを持てるようになっていた。

それがこの一両日の晴信の余裕の表情に表れていたが、その夜床に就こうとした時、一人の武士が宿舎を訪ねてきたことで晴信の心境に変化が起こった。武士は直純の家人で、晴信が直純に随従させた老臣からの書状を携えていた。

駿府には来たが、事がことだけに直純に会うことは差し控えていた。直純からの連絡もないが、却ってそれでよかったのである。国許の妻を離縁し、教会とも袂を分かった息子であった。もう昔の直純ではなく、遠い存在になっている。そんなことが走馬灯のように頭の中を駆け巡っていたが、書状が晴信を現実に引き戻していた。表書きは老臣のものだが、中身は直純の直筆で容易ならざる内容であったからだ。

読み終えた晴信は目を閉じたまま微動だにしなかったが、居住まいを正すと襖越しに控える宿直の若侍を呼び、家老を迎えに行かせた。

「殿、如何なされる御所存で」

心の動揺を小刻みに震える家老の唇が語っていた。

「何故の取り潰しじゃ。務めも滞りなく果たしておるのに」

キリスト教を信仰し宣教師を優遇する有馬家を警戒し、改易に追い込もうとする動きが幕府中枢にあるという。

また、南蛮貿易を幕府直轄とするには晴信は厄介な存在であり、いずれキリシタンが取り締まりの対象となった暁には、信徒を保護する晴信を排除しておく必要がある。大御所周辺にもそのあたりの事情を勘案し、今回の不祥事の責任として晴信を隠居させ、直純を跡目とする方針が固まっているとあった。

情報は国姫側からのものに違いなかった。此の一件に大御所は関わってはいないであろうが、可愛い国姫の婿の取り立ては考えていたので、良い機会と乗り出してくることは予想がつく。

「罠とは見抜けなかった」

あの時の憎々しげな左兵衛の態度と、舌なめずりして擦り寄ってきた大八が思い浮かんでいた。

「左兵衛が岡本を目付役に任命したのも、強欲な岡本が恩賞話をでっち上げることを密かに期待していたからに違いない」

それを証明できれば大八を遣り込めることができるが、二人の通謀を証明する証拠はなかった。あとは大八同様、しらを切るしか手はない。

だが、直純は父の心中を見透かすように、いたずらに訴訟を引き延ばすのは有馬家の将来には障碍となりましょうと書き認め、

「大御所は必ずや有馬家の存続をお約束してくださいます。心安らかにお過ごしあるように」

あとを任せ隠居すれば、有馬家の存続は認められると締め括っていた。

「直純もその気になりおって」

一日も早く藩主の座を譲れと言わんばかりであった。

「それにしても、寄ってたかって取り潰しの算段か」

淡々とした口調ながら、幕府と直純の真意を知った晴信の顔には寂しさと悔しさが漂っていた。

その後、数日の間、晴信はのらりくらりと追及を躱し、自分から積極的に弁明しようとはしなくなった。

この晴信の態度に業を煮やした評定は自供に相当すると判定する。何といっても左兵衛藤広は家康の寵愛する側室於奈津(おなつ)の方の兄であり、昨今、大御所の信頼厚い寵臣の一人である。物的証拠はないが言訳できぬのは奉行暗殺を認めたも同然との裁定となったのは、

長谷川兄妹への配慮からとの専らの噂であった。

これで朱印状偽造と奉行暗殺未遂事件は結審となり、評定は岡本大八に火炙り(あぶ)りの刑、有馬晴信には甲斐国への流罪の沙汰を言い渡した。大八に同情を寄せる者は皆無であった。大枚の金子搾取と朱印状偽造では同情の余地はない。晴信に就いては厳罰に過ぎるとの意見もあったが、いまをときめく長谷川一族への遠慮もあったのであろう、有馬への同情論もいつしか霧消してしまった。

評定の報告を受けた家康は、二人がキリシタンであったことに注目していた。キリシタン大名が勝手に土地を寄進していたことも記憶に新しい。それを秀吉が取り上げ、直轄地にしていたことも覚えている。岡本大八の一件も土地に関わる詐欺事件で、キリシタン仲間が結託して領地の収奪を企てた驚くべき事件であった。

そういう恐ろしいことを平気で企てるのがキリシタンたちである。大八の悪辣な所業を見せ付けられ、警戒していたキリシタンに対して、家康は悪意を抱かずにはいられなくなった。

晴信がキリスト教を信仰していたことは承知していたが、大八までもがキリシタンであるとは知らなかった。ましてや、彼は側近筆頭である本多正純の家臣で取次役でもある。

腹心の部下正純の信頼する家臣にまでキリシタンが紛れ込んでいたことを家康は許せなかった。そして、この駿府にはまだキリシタンが潜伏しているはずと、徹底的に調査するよう指示を出した。

大御所の指示に基づき、取り調べは長時間にわたって行われ尋問が繰り返されたが、大八は容易には口を割らなかった。取り調べの役人も口を割らなかったでは済まされず、最後は拷問で聞き出すしか手はなかった。踏ん張っていた大八も拷問には耐え切れず自供に及んだが、それは家康の想像を超える驚くべき内容であった。

大八の白状した主要な信者を手掛かりに駿府町奉行が内偵を進めると、大御所周辺に多くのキリシタンがいることが発覚した。中でも家康の鉄砲隊長原主水(もんど)や、駿府城の大奥の侍女にまで信者がいることが判明し家康に衝撃を与えた。

これまで貿易を盛んにするためキリスト教の活動に暗黙の了解を与えていた家康も、これ以上のキリシタンの浸透を見逃しにする訳にはいかなくなった。また、彼らが豊臣方の残党と結びつく恐れもあり、禁圧の命令を出すことに決した。

それからの家康の動きは急であった。三月二十一日、岡本大八を安倍川の河原で火炙りの刑に処し、キリシタンの家臣十数名と大奥の侍女を追放処分とした。また、天領である京都・長崎、さらには有馬の地にもキリシタン禁令の命を下した。それと同時に、晴信が危険な存在に見えてきた家康は、処分は再考を要するとの左兵衛の進言を聞き入れ、長安に因果を含め晴信に厳罰を下すよう命じた。

大八処刑の翌日、甲斐国流罪と決まった有馬晴信は大久保長安に預けられ、流刑地へ送られることとなったが、更なる罪科が加えられようとは思ってもいなかった。

四

藩主流罪の報せが届いた当初、有馬家藩内は比較的冷静であった。流罪とは名目的なもので、跡目を嫡子直純に譲っての隠居と受け止められていたのだが、その後の報せで長崎奉行暗殺未遂の咎（とが）により、配流地での幽閉処分となったことが判明し動揺が広がった。そして、大御所家康がキリシタン禁圧に乗り出したとの一報が届くと、重苦しい空気が藩内を押し包み、誰もが主人晴信の先行きを心配し始めた。

さらに、身重のジェスタ夫人が僅かな伴を連れ配流先の甲斐国へと旅立ち、主君の側近数名がそれを追うように出発すると不安は頂点に達した。城下は晴信の無事を願う人々の祈りの声で満ち溢れ、教会は司祭によるミサが執り行われた。

祈りを捧げつつも、主人が言葉巧みに踊らされ、罠に堕ち帰還できぬ身となったのだと皆確信していた。一連の動きを見ても、幕府が政策の障害となる晴信の排除を画策し、代わりにキリシタンの妻を離縁し、徳川の姫を妻に迎えた棄教者直純を跡目に据えようとする意図が透けて見えていた。

用意周到に計画を練り罠を仕掛けたのは、南蛮貿易の実権を有馬家から取り上げ、晴信のようにキリシタンに理解のある大名を葬り去るためであった。発案者は長崎奉行長谷川左兵衛藤広で、任務遂行のため邪魔な晴信を潰そうと恩賞話をでっちあげ、まんまと罠に誘い込んだ。家康も左兵衛の動きを確認のうえで、キリシタン弾圧へと方針を切り替えていた。そこまで思いを巡らせると、晴信の身に不吉な影が迫りつつあると考えざるを得なくなった。

覆い被さる暗雲を払い除ける術もなく、心配は現実の悲劇へと変わった。待ち構えていたかのように、幕府が晴信に切腹の沙汰を申し渡した。夫人一行が晴信の幽閉先に辿り着いて半月も経たぬ、五月初めの刑執行という慌ただしさで、幕府の急ぎ振りは異常と世間には映っていた。

だが、嘆き悲しむジェスタ夫人たちとは対照的に、晴信は取り乱すことなく冷静に日々を送り、その日の来るのを待っていた。大八が駿府のキリシタンのことをすべて白状したことを耳にし、大御所がこれを怒り更なる厳罰を加えてくるに違いない、と自分に言い聞かせていたのである。

旧領地回復という餌に飛びつき、自らを雁字搦めにし、有馬の家を危うい状態にした。それもこれも、大御所とは上手くいっているとの過信によるものであった。すべて自分が蒔いた種であったが、これ以上醜態を晒す訳にはいかない。

棄教した直純が跡目ということは間違いなかろう。大御所もいつの頃からかその気になって、曾孫の国姫を嫁がせることに決めていた。最悪の事態でも、有馬家が存続するという確証を得ることができたのはせめてもの救いであった。それと直純なら領民を手荒には扱わぬであろう。

退路を断たれたと悟った晴信は、覚悟を決め名家の当主に相応しい最期を幕府役人たちに見せつけ、従容として死に赴いた。夫人が一心に祈りを捧げる中、自ら命を絶つことのできぬキリスト者の立場を貫き、切腹を拒否して家臣に首を刎（は）ねさせたのである。

晴信自害の報は吉報を待っていた駿府に早馬で齎（もたら）され、城内では大御所列席のうえ、有馬家処遇に関する協議が始まった。晴信は長崎奉行暗殺未遂の咎で断罪、重罪故に有馬家改易も話題に上ったが、その父に批判的で、長年に亘り小姓を務め忠勤を励んできたこと と、大御所の養女の婿という点が評価され、直純の跡目継承が認められた。既定の方針とはいいながら、家康は手続きを踏んで相続を承認することにした。

有馬家跡目申し渡しは駿府城で行われ、大御所と側近の居並ぶ大広間で平伏す直純に通達されたが、面識のある幕僚たちの中に、見知らぬ顔があった。父晴信と年の変わらぬ人物は長崎奉行長谷川左兵衛藤広であった。

何故、駿府に長崎奉行がいるのか不思議でならなかったが、

「直純殿。左兵衛を父と思い、すべて彼の指示に従うようにのう」

家康が左兵衛を後見人に指定していたのである。

「国姫を連れ、早う島原に下るのじゃ。国の仕置きをしっかりとな」

家康が直純の跡目相続に長崎奉行を後見人とするという条件を付けたのは、曾孫の婿とは言いながら、有馬直純という人物をあまり評価していなかったからである。棄教はしたが真意のほどは分からない。上辺の棄教かもしれぬと疑っていた。

また、どこまで幕府の方針を貫けるかも未知数である。それで忠誠心の厚い根っからの

キリシタン嫌いの左兵衛藤広を、目付け役でもある後見人に任命した。国姫を一緒に帰国させたのも、直純を監視しつつ、叱咤激励し政策を実行させるためである。

拝命早々に左兵衛との面談が待っていた。

「家康さまの命により、有馬殿の後見役を仰せ付かった」

大御所の寵臣という意識を隠そうともせず、

「奉行の指示は大御所さまの指示であると心得られよ」

小藩とはいえ、直純は肥前島原の領主を拝領した身である。それを承知で家臣に対するような口振りでの訓示であった。早速の手厳しい扱いに、直純の自尊心は傷ついていた。

「キリシタン禁令を実施すべく即刻領国に下向し、藩内を監視下におくように」

有無を言わせぬ左兵衛の居丈高な物言いに、自分への評価を身を以て知らされた。父を死に追い遣って手に入れた藩主の座、そう言われても弁明できぬ立場の直純である。

「直純さま。左兵衛のことは気に掛けずともよろしいかと存じます」

その言葉に理解者は国姫ひとりであるとの思いを強くしていたが、

「あまりにも横柄な態度に腹も立つ」

気持ちの整理のつかぬ直純である。

夫の怒ったような表情にも笑みを絶やさず、

「ご承知とは思いますが、妹がひいおじいさまのお気に入り。それをいいことに多少の増長慢もありましょうが、いまは我慢の為所（しどころ）です」

国姫の言うことに間違いはなかった。

「左兵衛は新参の身。手柄を立てることに執着するのも止むを得ないでしょうね」

そういえば、長谷川一族が伊勢の北畠氏の旧臣というのを聞いたことがある。

それから、こんなことも言っていた。

「信者を改宗させる。それとキリシタン禁圧が旧領相続の条件ということを忘れずに」

跡目相続の代償がキリスト教の弾圧であった。この先、どのような展開が待ち受けているのか、見当もつかなかった。

いまや直純は左兵衛の操り人形に成り下がっている。宣教師の追放と教会の取り壊しも奉行の指示であった。

「禁令をどこまで徹底できるかが、貴殿の将来を決定すると言っても過言ではない」

大御所のキリシタン禁令が発令されており、左兵衛の一言は効き目があった。

五

藩主到着の日、日野江城下は重苦しい雰囲気に包まれていた。晴信の嫡子とはいえ、キリシタンの妻を離別し、棄教した直純である。どのような方針を打ち出してくるのか、不安が募っていた。

大御所が京都に続き、長崎と島原にもキリシタン禁令を発令していたので、藩主の帰国はその実施をも意味している。すでに宣教師の領内追放と教会の取り壊しの命令が通達され、実施を待つばかりとなっていた。

そして、藩主一行を乗せた船が日野江の港に着き、直純が国姫を伴い船着場に降り立つと、一目見ようと待ち構えていた人々のざわめきは、瞬時に静寂に変わった。この微妙な間合いを、直純は歓迎されていない証と感じ取っていた。人々の表情は強張り、久しぶりに帰国した藩主を迎える態度とは言えなかったからである。

予想以上の冷え冷えとした出迎えに出鼻をくじかれたが、直純は冷静に受け止めようと自分に言い聞かせていた。家臣や領民たちが心に鎧を纏い、打ち解けぬのは、棄教したうえにキリシタンの妻を離縁したのと無縁ではなかった。だが、直純には彼らの気持ちを詮索している余裕はなかった。禁令の指示が出された以上、それを実施せねばならぬのが藩主の勤めである。

早速、主だった家臣を集め報告させたが、駿府を発つ前に出した命令は実施されてはいなかった。

「聞き及んでいるであろうが、キリシタン禁令が発令されている。にもかかわらず、命令が実行されないのは何故か」

誰も応えようとはしなかった。

「いままでのようにはいかぬ。時代が変わったのじゃ」

重役たちは直純の言うことを理解できずにいた。

「速やかに実施せねば、更なる厳しい指示が遣って来よう」

直純は駿府での出来事を包み隠さず語った。宣教師の追放と教会の取り壊しを実施せねば幕府から睨まれる。睨まれてしまえば、後は取り潰しだけである。

晴信を陥れた長谷川藤広が直純の後見役と聞かされ、重役たちもようやく緊張した表情になった。譜代の家臣でさえ、いままでと同様にキリシタンとして過ごせるという甘い考えであったが、直純への処遇を知らされ認識を改めざるを得なくなった。

　新領主の指示により命令が実行に移され、まず宣教師が領国内から追放された。次いで教会やコレジョそしてセミナリヨが取り壊された。自分も通ったそれらの建物が取り壊されるのを直純が見届けたのは、密偵の目を気にしていたからである。長崎奉行の手の者が領内に入り込んでいることが予想され、奉行所が密告役を担っていると考えざるを得ない。だが、監視の目が光っていると承知していながら、直純の指示は徹底さを欠いていた。小西行長の旧臣で、改易後に有馬家に召し抱えられた、敬虔なキリシタンで声望ある結城弥平次に配慮し、彼の知行地の教会の取り壊しに手心を加えていたのだが、そのような甘さが見過ごしにされるはずはなかった。

　命令の不徹底は左兵衛に筒抜けになっていて、直純の精神的弱さを知っていた奉行は、忠誠心を試そうと更なる試練を与えてきた。八歳と六歳になる異母弟のフランシスコとマテウスの殺害を命じたのである。

　いよいよ左兵衛の標的は人の命にまで迫ってきた。それもよりによってまだ幼い二人である。命令は直純を困惑させた。反対を唱える勇気のない直純の取り得る手段は引き伸ばしだけであったが、その抵抗も空しく奉行は実行を督促してきた。

それでも躊躇していると、今度は奉行所への出頭命令である。

「直純さま。この試練を乗り切らねば、有馬家の将来は有りませぬ」

夫の落ち込んだ様子を見ては国姫も黙ってはいられなくなった。

「確か、二人に藩主の座を脅かされていたことがあったのでは」

奉行の指示どおりに二人を殺害せねば、相続は取り消され有馬家は消滅する。大御所や奉行の周辺からの情報でそれを知っていたので国姫は気が気ではない。ここは何としても直純を動かさねばと煽（あお）った。

取って代られるとの恐れを抱いていた二人が、今度は自分の将来を左右する存在となっていた。悩み抜いた末に、直純は幼い異母弟への憐憫（れんびん）の情よりも、己の安泰を選択し二人の処刑を命令した。それとともに政策に反対する叔父と結城弥平次を追放処分とした。叔父は直純の棄教後信者たちの支えになっていた人物であり、弥平次も同様であったので、影響は図り知れぬものがあった。

幼い二人の処刑と重臣の追放に家臣や領民は動揺し、さらに棄教を強要され始めると絶望的な空気が漲（みなぎ）り始めた。それが一部の家臣を行動に駆り立て、鎮圧隊と衝突し多くの負傷者がでた。騒動の拡大を恐れる直純は、事件の首謀者とその家族を有馬川のほとりで火炙りの刑に処し見せしめにしたが、それが却って火に油を注ぐ結果となった。家臣の殉教は領内のキリシタンを結束させ、信者たちは棄教を拒否し、信仰を公に宣言する事態となったのである。

打つ手打つ手が裏目に出て、手の打ちようもなくなっていた。そのうえ、我慢強いとは言い難い直純は、累代の家臣とその身寄りや領民たちの血を見るのに、もう耐えられなくなっていた。

「ここは予の領国ではなく、いまも父の領国である。誰も言うことを聞かぬ」

八方手詰まりとなった直純は、絶望感に苛まれるようになった。領国支配に自信をなくし、拝領地返上を申し出ようと思い始めていた。

思い悩む直純とは対処的に、左兵衛は有馬表の状況を知らせる密偵の報告を、冷笑を浮かべながら聞いていた。後見役とはいえ、彼の本心は有馬地方を天領にすることで、有馬家の存続など端から頭にはない。直純が行き詰まり、領地返上を願い出れば願ったり適ったりである。

だが、直純が委縮し自滅するのを願っていた左兵衛も、ついにその役割を終える日が遣ってきた。それが岡本大八事件を裁いた大久保長安が死後に処罰されたことに起因しているとなれば、皮肉な巡り合わせというしかない。

大久保忠隣と長安一味に煮え湯を飲まされ、一線を退き沈黙を守っていた本多正純の巻き返しに因るものであった。正純の策略によって忠隣が徐々に追い詰められ、長安も死後に厳しい処分を受けることとなった。

それに連動するかのように、長安と親しかった堺奉行の米津親勝が事件のとばっちりを受け、家臣の不正の廉で罷免され切腹させられた後、左兵衛がその後釜として堺奉行として転出したのである。

目付け役長谷川藤広の離任で気苦労の種がひとつ減ったが、直純を取り巻く状況に変わりはなく、依然として厳しいものがあった。だが、拝領地返上も左兵衛がいなくなれば嫌味のひとつも聞かなくて済む。何かにつけ圧力を加えてきた疫病神のような佐兵衛が長崎を去ったことで、直純はその呪縛から解き放たれた。

そして、国姫の力を頼りに駿府の大御所に領地返上を言上することにした。何もかも捨てる心算でいたが、父への詫びの気持ちだけは持ち続ける覚悟であった。

一方、国姫には彼女なりの思惑がある。領地返上に拘る夫を抑えつけず、思うままにさせようとしたのも、大御所が彼女への出産祝いとして領地替えを考えている、という情報を摑んでいたからである。前年八月に嫡男康純が生まれた時、その報に接した家康の喜びは尋常ではなかったという。信康の孫娘が跡取りを産んだ、これこそ大御所が待ち望んでいたことであった。

「棄教させることの難しさは殿もご承知のはずでは」

異母弟の処刑と重臣の追放で、家臣や領民は対決姿勢を強めている。

「これ以上の血を見ないためにも、島原を離れるしかありませぬ」

島原を離れ新天地での再出発が有馬家にとって最善の策、という国姫に直純は返す言葉もなかった。

政策を徹底できぬ弱さは己自身が一番よく分かっていた。

「父祖伝来の地を離れる辛さは分かります。でもそれしか生き残る道はないのです」

国姫宛てに内々に駿府から日向延岡への国替えの報せが届いていた。

家康も身内には甘い。拝領地返上を言上していた直純に対し、領地替えを命じることにしたのは、左兵衛の発案ながら晴信への処分は厳し過ぎたという些かの悔悟の念と、夫を藩主にという曾孫国姫の再三にわたる懇願があったからだ。直純もすでに棄教し、国姫のお目出度のこともあった。

そして、日野江城下に総登城を告げる太鼓が鳴り響く。続々と登城した家臣たちは大広間に集まり、いずれも何故の触れ太鼓かと思案顔であったが、来年七月を以て日向延岡への転封と決まったとの報せに、一同は驚きの声を上げていた。

だが、通達だけでは済まず、大広間は紛糾の場と化した。

「何代にも亘ってこの地に根を降ろしてきた身。何をいまさら」

僅かな小西家旧臣を除いて、家臣の大半は島原生まれの島原育ちであり、彼らにとって離れ難い地であった。

「無理やり移れと申されるか」

「ご公儀の血も涙もないご政道には呆れる。我らが何をしたというのか」

「晴信公を罠に堕とし、この有馬まで取り上げようとなされる」

「命に代えても棄教はせぬ」

日頃の鬱憤を晴らすかのように議論は熱を帯び、自然と幕府に対する非難へと傾いていった。その後も意見続出して収拾がつかなかった。

紛糾の様子を聞き直純は顔を顰めたが、予想できぬことではなかった。

これで家臣の多くが国替えを拒否することが現実味を帯びてきた。直純の顔色が冴えぬのも道理だが、その胸のうちを国姫は読んでいた。

「棄教せぬ限り御家は断絶。家臣も同様で、キリシタンは連れてはいけませぬ」

棄教したところで、いつ立ち帰るかもしれぬ家臣である。

「仕官を望む者は幾らでもおります」

確かに取り潰しに遭い、牢人している武士で、キリシタンでないのはいくらでもいる。妻の励ましで気を取り直したが、やはり譜代の家臣を一人でも多く連れて行きたいというのが本音であった。直純の生まれた時からの家臣たちであったからだ。

出立の日は迫っていたが、藩主とともに延岡へ行く家臣は半分にも満たないことが明らかとなった。主従の信頼関係は破綻していたので、止むを得ぬことであったが、直純の落胆ぶりは見るも哀れであった。

直純は醜態を晒していたが、それと引き換えに己の安泰は手に入れた。これにより有馬家は三百数十年に亘って連綿として受け継いできた肥前島原の地を去り、苦難を共にしてきた歴代の家臣たちとの別れを告げることとなった。彼らに見切りを付けられ、彼らを見捨てた結果だが、直純がことの重大さに気付くことはなかった。

その直純が家臣や領民を見捨てた己の浅はかさに気付いたのは、キリシタン弾圧が激しさを増し、耐え切れなくなった信徒たちが蹶起して島原・天草の乱が勃発した際、信仰を捨てることができず有馬の地で帰農し、乱に加わっていた旧臣の説得役を幕府から命じられた時のことである。

彼らは棄教した旧主と関わることを好まず無視を貫いていたが、直純は自分の幼少時そして青年時に交わった忠実な家来たちが、立て籠もった原城で死んでいくのを涙ながらに見ていなければならなかった。

ようやくその時になって、自分が有馬の領主であったならば、島原の乱でのキリシタンの悲劇を避けることができたのではないのか、自分はその役割を放棄していたのではないか、という自責の念に駆られた。何ら幕府へ抵抗を試みることなく自家存続を願って、安易に安寧を求めた己の至らなさにもうちのめされていた。

その苦しい胸の内が直純を突き動かし、異母弟との出会いに繋がった。弟は配流先の甲斐まで出向き、晴信の最期を見届けた身重の妻ジェスタが有馬に戻れず、実家のある京都で産んだ子だ。だが、産まれると同時に寺に預けられ僧籍に入れられた。参勤交代の折でもあったのか、直純は僧侶を京都に訪ね、父や二人の異母弟への仕打ちを詫びた。御家を残し、自分も生き永らえたが、後悔に苛まれていた直純は、生存する異母弟に会って詫びずにはいられなかったのである。それは父への詫びでもあった。

有馬家は直純が背教者・迫害者の汚名を背負いながら、妻の勧めで島原を離れ日向延岡に移ったことで御家存続に望みを繋いだ。その直純の後に入った松倉氏は、改宗の名の許に領民を徹底的に苛め抜き、虐政によりキリシタンの蹶起を招いた責任を問われ、領地没収のうえ改易処分となり、二代藩主松倉勝家は斬首に処された。

また、隣国肥後天草でも領主寺沢堅高（かたたか）がキリシタンの叛乱を防げず、天草四万石を没収され、それを苦に十年後自害したが、無嗣（むし）のため二代で唐津藩は改易となった。

一方、慶長十九（一六一四）年日向延岡に転封となった有馬直純は、島原の乱の三年後の寛永十八（一六四一）年に世を去り、嫡男の康澄が跡を継いだ。康の一字は家康の「康」を頂戴したもので、家康に可愛がられ幕府の覚えはよかった。

だが、康純の子清澄の時代に悪政に因って農民一揆が起こり、延岡転封以来七十八年が経った元禄五（一六九二）年、その責任を問われ無城大名に格下げのうえ、越後糸魚川に移されてしまった。そのわずか三年後の元禄八（一六九五）年に、清純が越前丸岡へ移封され初代藩主となり、城持ち大名に復帰している。それも徳川家との縁続きを考慮されてのことであった。

また、二代藩主一準（かずのり）の正徳元（一七一一）年に外様から譜代となり、その後も若年寄や老中を務めるなど、五万石ながら幕閣で要職に就き、譜代として明治を迎えている。何百年もの間、御家を繋いできた有馬家には、生き残る知恵と運があったということに尽きよう。

了

天草・島原の乱

一

寺沢堅高（てらざわかたたか）が肥前島原で領民が蜂起し、本拠島原城を囲んだという報せを受け取ったのは十一月初め、江戸藩邸でのことであった。その年寛永十四（一六三七）年は、二年前に始まった参勤交代の在府の年廻りで江戸に詰めていなければならず、国許（もと）からの日に夜を継ぐ飛脚による一報で、隣藩が緊急事態に陥ったことを知った。

一方、幕府が大坂城代阿部正次からの通報を受け、詳細を把握したのは唐津藩より四日ほど遅い九日のことであった。急遽評定（ひょうじょう）を開催し、島原藩主松倉勝家と幕府目付の常駐する豊後府内の藩主日根野吉明に帰国を命じた。それとともに、西国諸藩へは上使として御書院番頭の板倉重昌と副使石谷十蔵、二人の補佐として松平甚三郎を派遣することに決定した。それに基づき松倉と日根野の両名はその日慌ただしく出立し、板倉らは翌十日江戸を発った。

佐賀藩主鍋島勝茂とともに寺沢堅高も、幕閣の実力者である老中土井勝利の邸に招かれ直々に帰国後の対応につき訓令を受けた。だが、堅高にとって幕府の通達・要人からの指示や国許からの報せよりも、天草富岡城代三宅藤兵衛の書面が添えられていたことの方が重要な意味を持っていたのである。余程の事態でない限り藤兵衛が連絡してくるはずはなかったからだ。

実は堅高は唐津藩初代藩主寺沢広高の次男であったが、たまたま兄忠晴が早世したため跡目に据えられ、寛永十（一六三三）年、父の死去で二代目当主となった。当時は幕府が体制固めを強化していた時期でもあり、無嗣（むし）廃絶や些細な落度で、取り潰される大名が多く、鬱屈した雰囲気が世の中を覆っていた。

その世情を反映してのことか寺沢家に注目が集まったが波乱はなかった。そして、世間もあっさりと十二万石当主の座に収まった堅高に羨望の眼差しを注ぎ、幸運の御仁と盛んに囃し立てたが、堅高自身この運の尽きぬようにと願っていた。

江戸育ちであった堅高は領国の事情に疎く、跡目継承後のお国入りが国許の家臣との初御目見得であったが、実は堅高本人も唐津入りを心待ちにしていた。というのは、会っておきたい人物がいたからである。それが武士の中の武士と評判の三宅藤兵衛であった。評判どおり、その際の沈着冷静で古武士然とした藤兵衛の立ち振る舞いが忘れ難く、強い印象となって堅高の脳裡に焼き付いていた。

　印象に違わず、藤兵衛は明智光秀の股肱(ここう)の臣にして、娘婿で筋金入りの武士であった三宅弥平次秀満(ひでみつ)の子で、祖父光秀と父秀満が拠り処としていた武士(もののふ)の志を受け継いでいた。

　また、広高の知己で、後に寺沢家に仕えることになる明智三羽烏の一人である、槍の名手安田作兵衛の勧めもあり、広高が細川忠興に頼み込んで藤兵衛を寺沢家に迎え入れた、という経緯も聞いていたので注目していたし、頼もしい家臣と期待を寄せていた。

　藤兵衛との出会いに思いを馳せながら国家老からの書面に目を通していたが、そのどこにも差し迫った緊迫感は感じられず、通り一遍の報告に過ぎなかった。

　では何故、一揆勃発の島原半島とは目と鼻の先にある富岡城から、藤兵衛は便りを寄越したのか。

　そう考えただけで、

「近年、天候不順に因る凶作続きで、農作物の収穫もままならぬ状況となっております。領民への年貢減免の措置を」

　思い出したくもない藤兵衛の進言が頭の中を駆け巡っていた。

　不安は現実のものとなったが、この事態は予測できたことであった。襲封の翌年寛永十一（一六三四）年以降、天草地方や対岸の島原半島では、連年の凶作が続いていたからである。

不吉な影が忍び寄ろうとしていた。

「減免措置などが江戸表にでも伝わったとしたらどうなる」

跡目におさまって間もない堅高は幕府の目を気遣い傍観に終始し、手を打とうという気にはならなかった。

すかさず、堅高の心中を読んだ側近の原田伊予が、

「三宅氏、少々手緩くはないか。貴殿がキリシタンであったことは承知しておる。奴らもそこが付け目であろう。甘い顔をすればどこまでもつけあがる。まだまだ絞ればでてくるはず」

人望厚い藤兵衛へ、あてつけるように言った。

原田の言い分に列座の重臣たちにも異論はなかった。

判断の付かぬ堅高は、

「公儀の覚え愛でたい島原藩と比べられ、取締りが甘いと睨まれては元も子もない。減免はまかりならぬ。手加減もほどほどにせい」

唐津藩は広高がキリシタンへの取り締まりの手緩さを将軍家光に叱責され、出仕差し止め寸前の危機に陥り、幕府の信用を取り戻すのに苦労した過去があった。伊予らの賛意に後押しされ、申し出を一蹴してしまったのもその過去を引き摺っていたからである。

同じ轍を踏むまいと幕府の方針を堅持してきたが、それがいまになって跳ね返ってこようとは思いも寄らなかった。僥倖だけでいまの地位に就いた堅高である。苦労知らずで、確固たる信念もなくただ只管、江戸の意向を気に掛けその方針に従ってきた。幕府の方針とあらば手荒いことも辞さなかったので、一揆が起こるのではないかという懸念は心の奥底にあった。

不安は現実のものとなり、天草でも加重な年貢に不満が鬱積し、何時蜂起してもおかしくない状況下にあった。また、打ち続く悪天候と納めきれぬ年貢の重さが、藤兵衛の危惧したように百姓たちを絶望の淵に追い遣っていた。

「連携を強める一揆が富岡城へ押し寄せることは間違いありませぬ。城を死守せねば全島キリシタンの手に落ちることは必定。そうなっては藩存続の危機となりましょう」

藤兵衛の寄越した便りも天草の切迫した状況を語っていた。

ことここに至って他藩に盲従したことを悔いても遅い。掛け値なしに、あの当時の島原藩松倉家の年貢取り立てと、キリシタンへの弾圧は凄まじいものがあり、天草にも鳴り響いていた。

堅高もその遣り口を知り、自藩の手緩さが幕府に知られはしまいかと心配していた。それがきっかけで申し開きも兼ね、棄教を迫るべく、年貢を上乗せし且つ強引な取り立てで信徒たちへ圧力を加えてきた。だが、それが裏目にでてしまった。

方針の定まらぬ寺沢家とは異なり、幕府のキリシタン禁令を忠実に遂行する松倉家は二代目勝家の時代で、その勝家が父重政以上に強硬姿勢であった。重政の時代には不作の年は朱印船貿易の利益で帳尻を合わせてきたが、有馬晴信が岡本大八事件で失脚し貿易の権限を幕府が一手に掌握すると、島原藩も海外との交易から締め出された。

交易からの締め出しは当然の如く藩自体の収益を悪化させた。結果、財政は傾き、情け容赦のない取り立てへと藩を駆り立てていった。だが、事態を悪化させた一番の原因は、勝家が領民を年貢取り立てのための存在としか考えていなかったことにある。

また、言うことを聞かぬ者たちに対しては改宗に名を借りた弾圧・迫害が繰り返され、禁教令と相まって拷問や死など意に介さぬ残酷な行為も正当化された。藩主の意思が藩全体に浸透し領民への慈しみの心は忘れ去られていったが、藩士すべてが人の心を失っていた訳ではなかった。虐待を楽しむかのような領民への弾圧に嫌気がさし、一揆蜂起の混乱の際に藩を去り、領民側に加わった武士も少なからずいたからである。

これに対し寺沢家は藩財政が島原一国しかない松倉家のような差し迫った危機には陥っていない。まだ唐津に実収豊かな八万三千石の領地があり余裕があったが、その余裕が年貢の取り立ての手緩さに繋がっている、との側近の報告を鵜呑みにした堅高が藤兵衛の真意を理解せずに却下していた。

「領民たちに施しをして貸しをつくる。彼らがそれに応えようとする時が必ず遣ってまいります」

家老ら重臣が居並ぶ唐津城の大広間で、藤兵衛は年貢減免を主張して止まなかった。

「追い込まれれば、再びキリシタンに立ち帰る輩も。それを避けるためにも」

祖父光秀が福知山や丹波亀山、そして近江坂本で善政を敷いていたことは聞かされていた。領民の働きによって領国も栄える、それには慈しみの心が不可欠であるという祖父の教えを実践に移そうと説得に努めたが、藤兵衛の深謀遠慮を苦労知らずの堅高は理解しようとはしなかった。

太閤にその才気を認められ大名に取り立てられ、その後家康にも一目置かれた老練な政治家で、世渡り上手な父広高の跡を継いだという意気込みが空回りし、若さ故の気負いが堅高に聞く耳を持たせなかったのである。

風雲急を告げる天草の便りから七日ほどが経った十一月初め、再び富岡城代から使者が派遣されてきた。敬虔な信徒の説得によって転んだ輩が立ち帰り、領民の多くがキリシタンに加わり合戦の準備に取り掛かっているという。いよいよ、富岡城へ押し寄せるという風聞頻りで、至急、援軍を派遣させたしという差し迫った内容になっていた。

唐津城では重臣が召集され家老を中心として協議が行われたが、遠く離れた天草の出来事は他人事に過ぎず緊迫感などない。

「百姓どもの寄せ集めに何ができる。三千の援軍派遣とは大袈裟な」

藤兵衛の要請は原田伊予の一言で葬り去られようとしていたが、それは現状を知らぬ者の安易な判断でしかなかった。キリシタンという厄介な輩には関わり合いたくないという空気が大勢を占めていて、それに引き摺られていた。

「確かにそうかも知れぬが、三宅殿が誇大なことを言うはずがない。準備をしておくに越したことはあるまい」

重臣の中にはことの重大さを認識し、藤兵衛を擁護する者がいた。

その発言を汐に富岡城代擁護派が勢いを増し始める。藤兵衛の注進を無視する勇気は誰にもなかったからだ。千五百名の派遣で意見の統一をみたが、不満を隠そうともせぬ原田ひとりが浮いていた。

人選も終わり出発準備に追われていた頃、長崎を行き来する商人らの情報で島原城を守る松倉藩士の苦戦ぶりがここ唐津にも伝わってきていた。その芳しくない報せに押されるように藩士たちは船出していった中、皮肉にも藤兵衛を扱(こ)き下(お)ろしていた原田伊予が派遣軍の長に任命された。

領民蜂起という事態を招いたのは、島原藩の代官や役人たちの言語を絶する苛責に我慢できなくなった百姓が立ち上ったのがきっかけであった。公儀による信仰根絶の大号令の下、迫害・弾圧の嵐に晒されるキリシタンが加勢したことで大きなうねりとなった。

また、幕府が大軍を投じて制圧しなればならないほどの勢力となったのも、信仰を捨てぬ天草の大矢野島や千束(せんぞく)島に隠れ住む小西行長の遺臣が牽引者となって、百姓とキリシタンを合流させることに成功したからである。

遺臣たちは禁教令が公布されたことで、いよいよ身の置き処がなくなったことを思い知

らされ、これまで甘んじて受けてきた理不尽な仕打ちへの無念を晴すべく、

「勝利を得るも敗北に終わるも、すべて神の栄光と神への奉仕である。多くの信徒やパードレが罪なくして流した血と涙に報いる日がきた」

との掛け声のもと、決起した人々に後戻りできぬという覚悟を固めさせ、合戦を挑もうとしていた。


　牢人たちは用意周到に準備を重ね蜂起の時期を探る中、打って付けの駒を見出した。上津浦（こうつうら）で布教活動に従事し国外退去となったイエズス会宣教師ママコスが、

「追放の二十六年後に天の遣いが現れ奇蹟を行い、その若者は習わざるに諸字を極め、天のしるしをあらわす」

と言い残していったからだ。天草・島原で語り継がれてきた予言を牢人衆は巧みに利用し、同じ小西牢人益田甚兵衛の子で十六歳になる四郎時貞こそ、その若者であり天の遣いであると人々に崇めさせた。そして、天地の動くような不思議なことが起こると触れ廻り、四郎の許に結集させようと盛んに扇動を繰り返していた。


　そして十月半ば、愛娘に加えられる残忍な体罰を見るに耐えなくなった口之津の名主の

一人が役人に飛び掛かり、農民と力を併せこれを打ち殺し蜂起の口火を切ると、島原半島の各所に一揆は野火の如く広がっていった。長年に亘って抑圧されてきた人々は、目に見えぬ力に導かれるように合流を重ね、松倉勝家の居城島原城へと殺到し、城を取り囲んだ。

頻々と齎される情報に城内の空気は日毎に緊迫の度を加えていったが、城方もただ手を拱いて待ち受けていた訳ではない。警備を厳重にし、町方から人質を取って敵への呼応を防ぐなど防備に万全を期すことを忘れなかった。また、父松倉重政が入国するや領民に多大の犠牲を強いて築いた堅城が、その威力を如何なく発揮して一揆の前に立ち塞がり、その攻撃を跳ね返していた。

一方、攻める一揆方にも弱点があった。多くが農民で戦闘に不慣れであり、それが攻めきれぬ原因と考えたのが前領主有馬氏の旧臣たちである。彼らは主人直純が日向延岡に移封された際、随従せず農民身分となって島原に残った武士たちであった。彼らは四郎という少年を天の遣いと奉じる牢人衆と連絡を取り、一揆を強力なものとするための精神的支柱として四郎を迎えようと仲間を説得し行動を開始した。

丁度その頃、四郎は天草の大矢野にいた。父甚兵衛の出生の地が大矢野で、庄屋渡辺小左衛門とは姻戚関係で結ばれ強固な協力体制にある。小左衛門はキリシタンを束ねる一揆の中心人物のひとりでもあった。折しも、四郎が小左衛門配下の七、八百の信徒を率いて蜂起の時期を窺っていた時に、島原の一揆に加わった村長たちが訪ねてきた。

彼らは先年キリシタンを転んだことを詫び、島原城を囲んだが所詮は農民たちの寄せ集めで戦いには不慣れであり、四郎殿を一揆の大将とするので戦いを指揮してもらいたい。その要請のために遣って来たと告げた。

村長である庄屋や名主たちの願いを聞いた牢人たちは、思惑どおりの進行に計画の成功を確信していたが、心中を察知されぬよう平静を装っていた。

一揆を四郎の下に結集させることがキリシタン禁令という悪法に一矢を報いるには必要不可欠であり、その中核となるべき島原の一揆を取り込むには慎重の上にも慎重を期さねばならぬ。糠喜びは危険であり、一揆の真意を確認したうえで行動を起すことにした。

数日後、彼らは四郎を奉じ五十人ほどの信徒を率いて船で南有馬まで出張ってきた。

その時、色白で端正な容姿を南蛮の装束で彩った四郎は、

「長崎掌握こそが最重要の課題である」

牢人を介しこれからの戦略を村民に披露させた。度々長崎を訪れ、現地の情勢にも精通していたのでその重要性を認識していたからだ。

「ここに要塞を築き、宗門の敵を迎え撃つ」

以前より多くの宣教師が住み着き、キリシタン信仰の盛んな土地柄で信徒も多い。地元の大庄屋でさえ松倉家から扶持を受ける身でありながら、密かに四郎と誼（よしみ）を通じていたので、村民たちを仲間に引き入れることは難しいことではなさそうである。

片時も四郎の傍を離れぬ牢人の一人が、

「長崎が手に入ればカウレタ船が遣ってくる。マカオの援助も当てにでき、戦いに勝利できる」

自信有り気に言い放った。

確かに、彼らの言うように長崎を押えれば、その当時カウレタ船と呼ばれていたポルトガルの戦艦の入港も現実のものとなろう。

これまで数々の奇蹟を行い、人々を驚かせてきたと評判の四郎であった。牢人に語らせ自らは言葉を控えているが、落ち着き払って威厳があり且つ眉目（びもく）秀麗な若者に南有馬の人々はたちまち魅了され、噂に聞いていた神の御使いと信じた。

四郎も村人たちの反応に満足気であった。そして、長崎への出陣を実行に移そうとしていた矢先、天草上津浦から、富岡城代三宅藤兵衛率いる軍勢が島子まで進出してきたと急報が届いた。

四郎は長崎侵攻を諦め天草に戻らねばならなくなった。だが、過重な年貢取り立てに抵抗し立ち上がった百姓たちを、神の栄光のためという共通の意識のもとにキリシタンに合流させたと確信できたのは大きな収穫であった。

二

雪崩を打って一揆が島原城に攻め寄せた寛永十四（一六三七）年十月二十五日、藤兵衛は大筒の響きを幾度となく聞いた。変事出来（しゅったい）と物見を走らせたが、風に乗って鉄砲の音や一揆の喊声（かんせい）がここ富岡城まで聞こえてくると、来るべきものがきたという思いが強く胸に迫ってきた。

島原半島における領民への弾圧は天草では知らぬ者がいないほどの苛酷さであった。年貢を納めぬ者に対しては勿論（もちろん）のこと、その妻や娘まで人質に取って責め苛み、信徒には熱湯を浴びせ、煮え滾（たぎ）る温泉に投げ込んで棄教を迫るなど、ありとあらゆる残虐な拷問で痛めつけていたことは知っていた。それ故に、藤兵衛には鉄砲の音や喊声は領民たちの絶望との決別の意思表示と思えたのである。

天草でも弾圧はあったが島原ほど徹底していなかった。キリシタンであった藤兵衛が、信徒たちへの手荒い扱いを嫌っていて、部下にも城代の意向が伝わっていたからである。信仰から離れてしまった藤兵衛だが、己を犠牲にしてまで神を信じるキリシタンにある種の恐れを抱いていた。それが信徒への弾圧を躊躇させていた。

藤兵衛らしからぬ不徹底ぶりは本国の重臣たちには手緩い処置と映っていたが、一方でそれが領民の蹶起などあろうはずがないという思い込みにも繋がっていた。

だが、事態は手前勝手な思い込みを許さなかった。蜂起が現実のものとなったいま、一揆の次なる目標が天草富岡城であることは間違いない。四郎が島原の者を加えた千五百ほどの人数で天草に引き返したのも、富岡城攻略を視野に入れてのことであった。

大筒の響きで藤兵衛らが対岸での異変を察知したように、島原湾を隔てた熊本藩でも半島での異変を知り、各方面に物見を走らせ情報収集にあたらせていた。それに加えて、援軍要請の島原藩の使者が到着し一揆の詳細が明らかとなった。

また、唐津藩領天草とは目と鼻の先に位置する三角から、島原への船の往き来が頻繁との情報が入ると、熊本藩の家老らは富岡城代の三宅藤兵衛宛てに書面を送ることにした。詳細を確認しようとしたのは、自藩にも飛び火し兼ねぬ切迫した状況からであった。

武家諸法度を失念したとしか思えぬ松倉家の援軍要請には、きっぱりと断りを入れた細川家だが、富岡城代の藤兵衛には微に入り細にわたる情報提供など協力の姿勢を崩さなかったのは、三宅藤兵衛との浅からぬ因縁故であった。藤兵衛は細川家の家臣であったことがあり、現当主の忠利とは従兄弟の間柄である。

忠利の父忠興に仕えるようになったのは、幽閉を解かれた叔母である玉を頼って、大坂城の傍近くにある玉造の細川邸を訪ねたことがきっかけであった。

玉は山崎の合戦での明智勢の敗北によって、一族全員が死に絶えたと思い込んでいたから、まだ幼い藤兵衛が乳母に連れられ訪ねてきた時には驚いたが、その無事な姿を見て喜びの方が大きかった。坂本城からただ一人落ち延びた藤兵衛には、頼る身寄りは叔母しかいなかった。その叔母は二年に及ぶ幽閉生活で心身ともに傷付き人間不信に陥っていた。そこへ血の繋がる藤兵衛が遣って来たのである。甥の存在が心強い励ましとなっていたことはいうまでもなかった。

その日から、玉は藤兵衛を我が子のように慈しんだが、それを夫忠興は自分への当てつけと感じていた。玉の父光秀の合力要請を拒否し、世間体を取り繕うために二年もの間、妻を幽閉した。

それだけのことであれば細川家が生き残るためと玉も納得したであろうが、その間、忠興は幾人もの女たちと寝所を共にし、寵愛一方ならぬ側室との間には女子が一人生まれている。玉は大坂に遣って来てそれを知り、忠興への疑念が芽生えた。明智一族と自分への仕打ちに心穏やかでいられるはずがなかった。

幽閉、さらに側室たちの存在が玉を一層不信感に陥れていた。その苦悩する玉を見兼ねた侍女が、心の安寧を得させようとキリスト教への入信を勧めたのである。夫の父細川藤孝の母方清原家出自の侍女清原マリアの勧めに従った玉は、ガラシャという洗礼名を授かり敬虔（けん）な信者となった。

入信を巡って夫忠興との間には一悶着あった。玉が熱心な信者になったことを忠興は心よく思わず、それを自分への意趣返しとみていた。また、頑な妻へは厳しい態度で臨み、荒々しい扱いも辞さなかった。

だが、忠興が内府家康に従って関東を転戦していた時、石田三成が家康への宣戦布告と同時に玉造の細川邸を取り囲むと、キリシタン故に命を絶つことのできぬガラシャは、家臣に薙刀（なぎなた）で自らを突かせ、死を以て大坂城への入城を拒否した。このガラシャの犠牲によって細川家の名誉と安泰が守られたのであった。

玉に育てられ人となった藤兵衛であったから叔母は絶対的存在である。また、貞淑で美しいガラシャは憧れの女性（ひと）であった。その叔母が夫を気遣って世を去ったことは藤兵衛の立場を厳しいものにした。叔母の勧めでキリシタンとなったことも忠興の不興を買い、信仰を棄てる結果となった。玉という後ろ盾あっての藤兵衛であり、その叔母が世を去ったいま、細川家での居場所もなくなっていた。

忠興にとっても藤兵衛は厄介な存在である。協力要請を拒否した光秀を思い起こさせ、後ろめたい思いにさせるとともに、他人には知られたくない細川一族の弱味の象徴でもあった。藤兵衛を見れば誰もが細川の非人情を想像する。それでも、玉のいる間は防波堤になって甥を保護してきたが、亡くなったいま、どうしても厳しい視線を向けてしまう自分を抑えられぬのであった。

藤兵衛もまた身の置き所のない自分をいやというほど意識させられ、注がれる厳しい視線に耐えられなくなっていた。そして、去らねばならぬ時がきたと悟った。祖父・父がそうであったように、己も平穏無事な人生を送れるはずはないのだと、自分自身に言い聞かせていた。

来し方が走馬灯のように藤兵衛の頭の中を駆け巡っていたが、ふと、我に返ると雲仙岳が遠望できた。何事もなかったかのように大筒も鉄砲もそして喊声も聞こえず、嵐の前のような不気味な静寂だけがあったが、一揆どもがこちらを窺っているのは分かっていた。突撃の時が来るのを待っているということも……。

いよいよ決戦の時が迫っていたが、この時になって自らが死地を求めて寺沢家に仕官したのだということが腑に落ちた。細川家にいればいまのような立場にいることはなく、去らねばならなかったことが何故か相応しく思えてならない。

天草で蜂起の時が迫っていると藤兵衛が感じていたように、四郎を戴く牢人たちもその時期の迫っていることを感じ取っていた。松倉家からの援軍要請を受けたであろう細川・鍋島両家は、武家諸法度によって行動を封じられ動けずにいる。幕府の命令・指示がなければ他藩への出動は許されぬのが武家諸法度の決まりであり、牢人衆はそれを逆手にとって行動していた。

島原の一揆も、天の使者四郎を奉じるキリシタンと合流させたことで勢いは強まるはずであり、島原城の陥落も目前に迫りつつある。あとは何の気兼ねもなく富岡城を攻めるだけであった。

島原での蜂起後、天草ではキリシタンの動きが活発となり、信徒でない村民を武力で脅し、仲間に加えようと圧力を加え始めた。この事態に、止むを得ず信徒に加わった村もあれば、隣国熊本へ村ごと脱出を企てたところもあった。そして、警戒網を掻い潜り、大矢野島、戸馳島、千束島などから熊本領内へ続々と避難民が逃げ込むと、天草はキリシタンとそのシンパだけの島となった。

藤兵衛が唐津へ援軍要請の使者を送ったのは、信徒による圧力に村々が揺れていた時であった。

天草がキリシタンの支配下となったのを熊本藩も十月末には知っていた。月初めに天草に商売に出向いた八代と川尻の商人がキリシタンに捕まり二週間余り監禁されていたが、どうにか逃げ出し八代まで辿り着き、役人に報告に及んだという。驚いた役人は川尻の商人を熊本へ送ることにした。

取調べによって大矢野でキリシタンが一揆を起こし、神社や寺院を焼き払っていることが判明した。天草との国境の三角からも一揆の活発な行動の様子が報告され藩に緊張が走ったが、さらなる驚くべき出来事が待ち構えていた。
それは十月晦日(みそか)のことであった。三角に近い郡浦(こうのうら)に一艘の船が着き、数名の男たちが下船し郡浦の大庄屋を訪れたが、その目的が小西行長の居城のあった宇土の様子を探ることにあった。宇土の町外れにある江部村に、島原と天草の一揆の首領、四郎時貞の母と姉が隠れ潜んでいたのである。

騒ぎを起こしそのどさくさに二人を救出しようという筋書きであったが、男たちを怪しいと睨んだ大庄屋の息子が機転を利かし邸に誘い入れて持て成す一方、頃合いを見計らって鉄砲を突きつけ全員を縛り上げた。彼らはそれぞれにコンタス(数珠)を首にかけキリストの像を身に付けるなど、キリシタンの信者たちのように思われた。それで大庄屋の息子が通報し、急を聞き付け役人が出張ってきたのである。

厳しい尋問の結果、その一人が天草大矢野の庄屋渡辺小左衛門で、キリシタン二、三千人の大将の地位にあり、四郎の母と姉を連れ戻すために遣って来たと白状した。取調べにあたった役人たちは予想外の成行きに驚愕したが、即座に宇土に早打ちを飛ばした。通報を受けた代官は四郎の母と姉、母子を匿っていた男とその家族、さらにはキリシタンとその仲間と思しき者全員を捕縛した。

言うまでもなく肥後南部地方は小西行長の旧領地で、熱心なキリシタンでもあった行長が信仰を奨励したため領国には信者が多くいた。禁教令発令後、不寛容の嵐が吹き荒れ迫害が激しかったにもかかわらず、信仰を捨てられぬ信徒が改宗を装い、隠れ潜んでいる可能性は否定できなかった。

いまや島原の蜂起は対岸の火事ではなくなっていた。細川家が鋭く反応したのも嘗て藩士のほとんどがキリシタンであったことがあり、そのシンパであった藩主忠利を筆頭に重臣たちも、強固なキリシタン信徒組織「コンフラリア」の存在を知っていたからだ。

思わぬ獲物を手に入れた熊本藩は、小左衛門らを誘（おび）き寄せの囮（おとり）にしようと、早速彼らに手紙を書かせ、益田甚兵衛と息子四郎へ送り付けたが、却って警戒させてしまったのか彼らからの音沙汰はなく、大矢野からも姿を消してしまった。それが十一月十日の夜のことで、長崎へ渡ると言い残して村から立ち去ったという。

藩ではその情報に基づき家老名で長崎代官末次平蔵宛に、父子が長崎に立ち回る恐れがあり、手配をお願いしたいという趣旨の書面を送った。長崎では通報を受け厳重な警戒網を敷いていたが、甚兵衛らの行方を把握することはできなかった。

四郎親子が姿を晦(くら)ました十日、待ちに待った唐津からの千五百の軍勢が志岐の港に到着した。丁度、藤兵衛が援軍を待ち切れず、瀬戸まで進出し一揆勢と向かい合っていた時である。到着を知った彼は志岐まで出向き、唐津勢の主将原田伊予と再会した。

「原田殿。お待ち申しておりました」

予定を遥かに超える延着には敢えて触れなかったが、援軍を待ち続けていた藤兵衛の素直な思いがその言葉に表れていた。

急所を突かれたと感じた原田伊予は不機嫌を隠さず、

「途中、海が荒れてな」

遅れを詫びる様子もなかったが、志岐の港に着いた時から天草の異様な雰囲気に飲まれていた。それを気付かれまいと必死に肩肘を張っていた。

「一揆の蜂起以来、天草でもキリシタンに立ち帰る百姓が増え続けております」

確かに太鼓や鉄砲の音が方々から聞こえてくる。さすがに伊予も状況の悪化を認めざるを得ない。

「五百ほどを富岡城の守りとして残し、すべての差配は伊予殿にお任せ致す」

城の防備を任された伊予は容易ならざる事態に緊張を隠せなかった。だが、躊躇する余裕などない。

「即刻、城の防備を固めなければならぬ」

部下を叱咤激励し富岡城を目指し道を急ぐ伊予の表情は硬かった。唐津城で藤兵衛の援軍要請を一蹴したふてぶてしさはなく、落ち着きのない気弱な伊予になっていた。途中、キリシタンとの遭遇もなく無事全員が入城を果たしたが、敵兵力がどれほどか見当が付かなかった。

原田伊予を見送った藤兵衛率いる本渡の軍勢は、唐津勢から抽出した千と手勢の五百ほどであったが、その数に藤兵衛は多少の不安を抱いていた。希望していた半数ほどであったからだ。三千の援軍要請を強硬に主張しなかった藤兵衛にも、一揆への過少評価があった。千五百もいれば打ち取れる、という安易な思いが心の中で幅を利かせていた。

討伐作戦は一揆の本拠上津浦への突入を目指し開始された。本渡から六百名ほどで島子まで進出したが、白出立（しろいでたち）で待ち構える一揆勢はその数五千余で激しい攻撃を加えてきた。当初優勢であった唐津勢は続々と現れる新手に押し捲（まく）られ、壊滅状態となって我先にと撤退し始めた。

送り出した軍勢が無残な姿で本渡の陣に逃げ帰ってきたのを見た藤兵衛は、一揆勢の強靭な戦意を思い知らされていた。一本筋の通った戦いぶりである。これは只事ではない、このままでは危ういと感じたが、その予感は時をおかず現実のものとなった。一揆勢が本渡の陣を目指し進撃してきたのである。いつもの藤兵衛であれば軍勢の立て直しを図ったであろうが、その余裕はすでになかった。

唐津からの武士たちは若く戦いには不慣れで、負け戦に動揺し浮足立っている。彼らを落ち着かせる必要があったが、実戦を知らず経験不足で混乱していた。残された方法は突撃あるのみであった。

自分が捨石となって敵陣を切り崩せば、若い者たちを落ち着かせることができる。その覚悟はできていた。今は亡き妻との間の三人の息子は富岡城の守りについている。その息子たちとも別れの盃を交し、あとは己が切り込み、死に花を咲かせるだけであった。

「富岡城が落ちたとあっては藩の立場は苦しくなる。なにがなんでも死守せねば」

側近で親戚筋の妻木主馬に言い聞かせるような口振りになっていた。

「これで松倉家は改易間違いない。当家もこのままでは危ういぞ。上に立つ者が誰か一人ぐらい責任を取らねば恰好がつくまい」

主馬には藤兵衛が自分自身に言い聞かせているように聞こえた。

その時、一際大きな喊声が聞こえてきた。一揆勢であった。

藤兵衛は全軍を指揮し攻撃に備えさせた。鉄砲玉が飛び交い、乱戦状態となっていた。吶喊(とっかん)の声があちこちで聞こえてくる。唐津勢は必死に踏ん張っていたが、圧倒的数の敵には抗する術はなく、じりじりと後退していた。

勝敗の帰趨(きすう)を悟った藤兵衛は、近習数名と敵大将と思しき武士に向かって切り込みを掛けた。もとより覚悟の突撃であり、若い武士たちの脳裏にしっかりと刻み込ませようとする獅子奮迅の戦いぶりであった。

だが、時の経過とともに近習も一人、また一人と倒れ、藤兵衛を守る者はいなくなった。

そして、大勢で取り囲むように襲い掛かると藤兵衛は崩れるように倒れ、動かなくなった。

この本渡での藤兵衛と近習たちの討死や唐津勢の苦戦の様子を、薩摩藩主島津家久が幕府老中宛に報告していて、史料『旧典類聚』に残されていた。

それによると、一揆蜂起に薩摩藩は天草との境にある藩領獅子島に軍勢を送り警戒していたが、鉄砲隊の数名を天草に侵入させ、戦況の把握中に大将三宅藤兵衛の討死と唐津勢総崩れの様子を目撃し注進に及んだ。

報告を受けた家久は老中への書面で、武士が百姓に打ち負けたことを口惜しがり、一揆討伐を薩摩一藩にお任せ願いたいと申し出ていたという。

三

眼下に天草灘、右前方には有明海が続く島原湾が拡がる。その島原湾を天草上島へ舟の一団が進んでいるとの報告を原田伊予が受けたのは十一月十四日の夕方、藤兵衛が討死した数時間前のことであった。天草を目指す舟には大きな十字架が掲げられていたが、富岡城から確認できるはずはなかった。

だが、十字架は見なくとも、天草のキリシタンとの合流を目指す島原の一揆の繰り出した舟であることは分かっている。また、黒い塊のような舟の群れは一揆の規模の大きさを想像させるに充分であった。

「三宅は承知で出陣したな。死に場所を求めて」

日頃、批判的な伊予も藤兵衛の覚悟に思いを馳せていた。

伊予が藤兵衛にそれほどまでに対抗心を燃え上がらせるのは、家柄では負けぬという自負心故である。彼は九州の名族大蔵氏の嫡流家原田氏の出で、原田家は代々筑前高祖山城主であったが、父信種の時代に秀吉に歯向かい没落、その後、肥後の加藤清正に仕えた。だが、後を継いだ伊予が清正と対立し、領地没収のうえ追放処分となり再び牢人の身となった。丁度その頃、天草四万石を拝領した寺沢広高が家中の充実を図っていた時期と重なり、人材を求めていた広高の目に留まり召し抱えられた。

しかし、仕官の経緯が請われて仕えた藤兵衛への対抗心となり反発的態度となった。広高も同じ年頃の二人を競わせる風があったので、自然と伊予は藤兵衛に武張った態度を取るようになった。援軍要請に難癖をつけたのも、藩主夫人の妻木氏一族の娘を妻とし、一門扱いの藤兵衛に一泡吹かせて遣りたかったからである。

暫(しば)しの間、思い出に浸っていた伊予を現実に引き戻したのは、本渡で藤兵衛の指揮下にあった藩兵たちの逃げ帰ってくる惨めな姿であった。

時をおかずキリシタンたちの放つ鉄砲の音と喊声が聞こえてきたが、伊予にはそれが藤兵衛討死の報せのように感じられた。

「城門を閉じろ」

伊予は声を張り上げ叫んだ。

「まだ逃げ帰ってくる者がおります」

必死に逃げ込もうとする敗残の兵を見て命令に従わぬ城兵を叱咤するように、

「早く閉めろ」

冷たく言い放つ伊予であった。

「こんなことでは城は守り切れぬぞ」

指示どおりに動かぬ城兵に伊予は苛立っていたが、そのような雰囲気を許してきた藤兵衛に怒りの矛先を向けていた。その苛立ちが惰弱な精神を鍛え直させねばならぬと腹を固めさせたのである。

翌朝、

「港に繋がれている船すべてを樺島(かば)に移動させるように」

伊予は唐津から藩兵を乗せてきた船頭衆を呼び寄せ訓示した。

「お侍さま方はどうなりましょうか」

取り残される侍たちが気掛かりな船頭たちは聞かずにはいられなかった。

「お主たちが心配することではない」

無表情な一喝に、

「伊予さまは聞きしに勝る厳しいお方じゃな」

互いに顔を見合わせ、すごすごと引き揚げていった。

原田伊予が船を野母埼半島突端の沖合にある樺島に移動させた、という噂はあっという間に広まったが、城兵を緊張状態に落とし込むのに効き目があった。

当然、それを狙ってのことで、そうしなければ城は守れぬという信念からである。自負するだけあって伊予は戦巧者であった。討死しかない背水の陣をしくことで、恐怖心に取りつかれた武士たちに決死の覚悟を固めさせる。そして、城下の町屋すべてに火をかけ防備を固め、敵の襲来を待ち構える。

悲壮感漂う唐津勢とは対照的に、敵将三宅藤兵衛を討死させた一揆勢は総崩れの唐津勢を追って志岐まで進出し、陣を構え富岡城攻撃に備えていた。さらに、これみよがしに城から見える処に、藤兵衛らの頸（くび）を獄門にかけ、篝火（かがりび）を焚いて鬨（とき）の声を上げ気勢を示したのは、唐津藩士たちに地団太を踏ませ、苛（いら）つかせるためであった。

十九日明け方、ついに戦端が開かれた。城を包囲し意気軒昂の一揆勢は、一気呵成に強行突破で敵を粉砕しようと大手から攻め寄せたが、強引な作戦が裏目に出て城方の放つ鉄砲に被害が続出した。ひるむところを突出してきた城兵と激戦を展開していたが、鉄砲の数で勝る唐津勢に押し捲られ、多大の損害を被って撤退した。

予想外の負け戦に戦術変更の止む無きに至った信徒らは、竹の束や楯などで防備を固め再び攻め寄せたが、敵方の放つ大量の火矢に備えを崩され苦戦に陥っていた。

この敵方の混乱の様子は城から丸見えであった。それを見た伊予は兵力を集中させるため二の丸に火を放ったが、それには敵を幻惑させる罠が仕掛けられていた。そうとも気付かぬ一揆勢は城方の優勢な火力に振り舞わされていたので、まんまと罠に嵌（はま）ってしまった。火の手が上がると味方が二の丸を落としたと思い込み、一斉に城内に雪崩れ込んだが、待ち構えていた城兵に狙い撃ちされ多くが銃弾に倒れた。

壊滅的な打撃を被った一揆勢の富岡城攻略は失敗に終わった。そして、天草の者たちが志岐の陣を解き、島原からの加勢の者たちも舟を連ね引き返していったのは、細川家と鍋島家が軍勢を強化し、越境のため前進を始めたとの情報を入手したことに因る。

一方、唐津勢は猛攻を凌ぎ城を守り抜いたが、敵の襲来を警戒し、籠城の態勢を解くことはできなかった。

唐津勢が富岡城を死守した四日後の寛永十四（一六三七）年十一月二十六日、幕府上使として島原へ派遣された板倉重昌が豊前小倉に到着した。領民蜂起の情報入手の翌日十日に上使に任命され、慌ただしく江戸を発って十六日目のことであったが、富岡城で攻防戦が展開されていたとは思いもよらなかった。勿論、勝敗の帰趨も伝わってはいない。

情勢の推移を気遣う板倉は即座に熊本藩に天草への出動を命じた。島原と天草の一揆が計画的決起であるならば、唐津勢では鎮圧・平定は難しいのでは、という懸念が付き纏(まと)っていたからである。

しかし、出動の決まった熊本藩は出発準備に手間取った。幕府上使からの内示に基づき島原への出陣のため、全船を川尻に集結させていた。天草となれば三角まで船を回航させねばならず、十二月に入っての出陣となってしまった。それに伴い、小倉で待機していた豊後府内の幕府目付牧野伝蔵と林勝正が、板倉の指令により細川勢を指揮することとなった。

両名の指揮下、一万六千余の細川勢は陸路、川尻から三角に向かって進軍し、船で三角から対岸の大矢野村に上陸した。富岡城代三宅藤兵衛が討死したほどの激戦が繰り広げられたと聞いていたので、警戒を怠らず用心深く進んで行ったが、敵影を発見することはできなかった。何処を探してもその跡形がなかったのは、討伐軍が増強されていくのを知った信徒が大挙して島原に渡り、同地の一揆勢と合流する手筈になっていて、すでに天草を立ち退いた後であったからであった。

出陣していった藩士たちと入れ替わりに、先月十四日に江戸を発った世子（跡継ぎ）の細川光利が十二月六日熊本に到着した。出動直後の騒然とした雰囲気に接した光利は、一揆が立ち寄った宇土・郡浦まで視察に出向き上使の指図を待っていたが、鍋島・立花勢が島原領へ進軍を開始したとの情報に接するや、矢も楯も堪らず、天草に渡り上津浦まで進んだ。

光利はその上津浦で、細川家世子出馬を聞き付け、謁見のため出張ってきた富岡城を守りきった寺沢家の重臣らと会見した。

その一人で討死した藤兵衛の嫡男三宅藤右衛門は、

「捨石となって城を守った藤兵衛は武士の鑑じゃ」

光利からお褒めの言葉を賜った。

他藩の重臣とはいえ、血の繋がる藤兵衛や藤右衛門の働きに光利は満足であったが、一揆勢との合戦を心待ちにしていたので、敵が天草から立ち去った後とあっては手の打ちようがなかった。それでキリシタンを追って島原へ渡る許可を取りつけようと使者を送ったが、無用のことと あっさり断られた。板倉の指示とあっては如何ともし難く、光利は憤懣を必死に抑えながら、一部の者を残し天草の支配を寺沢家に任せ、熊本に引き揚げていった。

　積極的な細川光利と好対照であったのが寺沢堅高で、十二月半ばになってようやく富岡に到着した。光利と同じ先月十四日に江戸を発ちながら、一週間ほども余計に時を費やした勘定になるが、実は順風にもかかわらず、途中平戸の河内浦で四、五日停泊していた、というオランダ商館長の記録が残されている。天草での事態の推移を見守っていたと疑われても仕方のない行動であった。難局から逃避しようとする消極的姿勢の堅高であった。

　事実、堅高は事態の推移に恐れを抱いていた。自領で一揆が蜂起した以上、公儀のお咎（とが）めは免れず、覚悟を決めねばならぬ立場に追い込まれていた。藤兵衛の進言を退けたことが、このような形になって振り掛かってこようとは想像していなかったのである。道中そのことだけを気に病んでいた。

　堅高の落ち込んだ心理状態をいち早く感じ取ったのが藩主の来着を待っていた原田伊予だが、彼もこの事態に至った一方の責任者で、領民決起の負い目を引き摺っていた。藩主と藤兵衛に代わる富岡城を守る主将がこの体たらくでは、唐津勢の意気が上がるはずはなかった。

　そして、不安が頭を過（よぎ）り気もそぞろな堅高には、原田伊予の語る富岡城攻防戦の様子など何も耳に入らなかった。確かに守り切ったことは手柄と言えなくもなかったが、どうして蜂起を防げなかったのかと悔やんでばかりいた。

天草への下向途中で一揆蜂起を知った時の驚きは生半なものではなく、非常な衝撃を以て堅高を襲い、失意の底へと落とし込んでいた。

事変勃発当時、すでに江戸の武家の間では松倉勝家は、

「身上果て申すべき仁」

と噂されていたのである。

堅高も松倉家当主の身は切腹、御家は改易という噂を耳にしていたが、まさか勝家と同じ立場になろうとは考えもせず、己の不運を嘆くばかりであった。だが、その事態を招来した訳には全く思い至らなかった。

四

島原へ下向した板倉重昌が豊前小倉に到着し、熊本藩に天草への出動を命じた頃、江戸で新たな動きがあった。幕府が老中松平信綱と美濃大垣城主戸田氏鉄を一揆鎮圧後の仕置

のため島原に派遣し、勘定奉行である能勢頼安も西下させることに決定したのである。能勢を加えたのは軍勢出動の収支勘定など、金銭面の実務を担わせるためで、表向きの仕置という体裁は整っていた。

だが、この決定は板倉が大名たちを御し切れなかった場合を想定し、老中の要職にある信綱を幕府上使の後見として送り込むという含みがあった。任命当初より、小禄の板倉では西国雄藩の大名衆を動かすことは難しいと危惧する人々がいたからだ。決定を受け氏鉄は十二月一日、信綱は三日に江戸を発った。

ひとまず領国美濃大垣に向け江戸を出立した氏鉄は、

「力任せに責め立てるばかりで、少しは頭を使う才覚はなかったのか」

百姓一揆を防げなかった松倉勝家と寺沢堅高へ手厳しい批判を加えていたが、これは氏鉄一人の特別な思いではなかった。幕閣にある大名衆に共通したもので、弾圧一辺倒で一揆を引き起こした両家への非難でもあった。

鎮圧後の仕置という名目を引っ提げ、信綱と氏鉄が江戸を発ったことなど露ほども知らぬ板倉重昌は、十二月三日、鍋島藩領の神代に着くと即座に軍令を公布した。討伐軍司令官としての威厳を保とうと、表情に多少の緊張感を滲ませながらも気力は充実していた。

翌四日、重昌は敵勢が撤退した島原に着くと激戦の跡も生生しい城内外を視察し、一揆が天草から集結していた信徒らと立て籠もり、総勢三万七千で抵抗を続けようとしている原城への進軍を発令した。乱勃発の責めを負わねばならぬ松倉勝家が、上使の案内役として先陣を務めるのは当然の成り行きである。

一方、一揆勢は徹底抗戦の構えを崩さず、村々の飯米を残らず城に持ち込み、口之津の松倉家の米蔵から蔵米を奪って籠城体勢を築きつつあった。そして、大将四郎は三日、天草から最後に遣って来た信徒たちは九日に入城し、乗ってきた船と浜にあった船は一艘のみ残し、後はすべてうち壊し、城の塀裏の囲いとした。

四郎の入城を待っていた牢人衆は原城の守備体制を強化し、配備を徹底し戦闘態勢を敷いていたが、西国諸藩のそれと寸分変わるところがない。

彼らは四十人余で、そのうち五人が軍奉行として全軍の指揮にあたっていた。四郎の父益田甚兵衛は具足を着け、差物を差し替えながら馬で城内を下知（げち）するなど、全軍の総監ともいうべき象徴的地位で行動していた。小西家で行長の祐筆として高禄を食（は）んでいた甚兵衛は、その立場に相応しい存在であったからである。

戦闘準備とともに甚兵衛は奉行たちと作戦を練り、奉行筆頭の芦塚忠右衛門の息子二人を薩摩に、その他数名をキリシタンの隠れ潜んでいる近隣諸国へ決起を促す使者として派遣することにした。

決定事項は即日実施の運びとなり、使者は旅立っていった。甚兵衛自ら長崎のポルトガル商館との折衝を引き受けたのは、宗門の敵との戦いにはポルトガルの参戦が不可欠という立場からであった。それを実現すべく使者を行き来させ、情報提供に努めていた。甚兵衛が、渡辺小左衛門が捕まった時に行方を晦ましたのは、今日あることを予想し、商館関係者と折衝を行うため長崎に潜入していたからである。

主家改易後、仕官もせず今日に至ったのは、主君行長の菩提を弔い、その無念を晴らす旗揚げの時期を探っていたからだが、信徒への幕府の理不尽な弾圧は決起の時機到来を意味してもいた。また、戦いの象徴であるママコスの予言にある、天の遣いとなるべく我が子を育て、四郎もその期待に応えられる少年に成長していた。

あとは時機の判断だけであった。彼の狙いは籠城して時を稼ぎ、諸国の信徒の決起を促し、ポルトガル艦隊の到着を待つことにあった。九州はじめ全国の信徒が立ち上がり、各地で反抗の狼煙(のろし)を上げ揺さぶりを掛ける。その動きにポルトガルが加われば勝利も絵空事ではない。

禁教令の徹底により転んだ者がいたとはいえ、いまだ全国に散らばる棄教を装う信徒の数は無視できぬものがある。甚兵衛はそう値踏みしていたし、商館の反応にも手応えを感じていた。

一揆勢が原城で籠城体勢を固めつつあった十二月十日、板倉の指揮下、進撃してきた諸家の軍勢は城から約一キロほどの処に陣を張って総攻撃に備えていた。その間、散発的な銃撃戦はあったが、一向に捗(はかど)らぬ戦況についに板倉も城攻めを命令する。夜明けとともに進軍を開始し城攻めに取り掛かったが、相手方を百姓の集まりと甘く見ていた諸家は各所で敗退し、多くの死者がでて作戦は失敗に終わった。

柳川の立花、佐賀の鍋島、久留米の有馬ら九州の有力大名が惨敗を喫したのは、一揆を支える精神的支柱である四郎時貞の存在と、戦いを指揮する牢人たちの働きがあったからである。四郎を奉じて一揆勢はよく纏まっていた。

牢人衆は戦いを本職とする元武士であり、肥後加藤家・有馬家・小西家らの旧臣や、関ヶ原の合戦で西軍として戦い取り潰しにあった大名の家臣たち、そして松倉家を退身した者である。五、六十歳になる武士が大半で、若かりし頃に関ヶ原や大坂の陣で戦った者が多く、その経験をもとに幕府に一泡吹かせようと一揆に加わっていた。

一方の板倉も幕府軍がこれほどの惨敗を喫するとは思わなかった。作戦の失敗は彼自身、敵を甘く見ていたからに他ならなかった。これに懲りた板倉は強行策を包囲作戦に切り替えることにした。慎重に戦いを進めることにし、各陣営に井楼（櫓）を立てさせ、仕寄せ（前衛陣地）をより城に近づけて構築するように指示した。

その包囲作戦に切り替えたはずの板倉が、十二月二十九日になって各藩の家老たちを招集し、近日中に城攻めに取り掛かりたいと言いだしたのである。突然の作戦変更に家老たちが準備不足を理由に延期を願い出たのは言うまでもなかったが、意外にもその申し出に板倉があっさりと日時延期に応じた。

それでその場は御開きとなったが、翌朝になって再び呼び出され、元旦を以て総攻撃を決行するので直ぐに出動の体勢を整えよ、との指令が伝えられた。

前日とは打って変わった板倉に家老たちは驚いたが、板倉の態度急変には訳があった。松平信綱と戸田氏鉄が江戸を発ち、年明け早々にも島原に着くという情報がすでに陣中を駆け巡っていたことと、自分の代わりに信綱が島原に乗り込んでくると重昌が曲解し、依怙地になっていたからである。その日朝に届いた氏鉄からの手紙も、重昌を追い詰め総攻撃へと駆り立てた。

氏鉄は重昌の兄京都所司代板倉重宗の舅で、重昌とも親しい間柄で日頃遠慮のない付き合いをしていた。だが、歯に衣着せぬ物言いで知られる一徹者の氏鉄は、島原の膠着状況がどうにも我慢ならなかった。親戚の者が恥をかかぬようにとの思いからであったが、百姓相手に苦戦を強いられる幕府軍の不甲斐なさに、激励のためのものがつい叱責する文面になっていた。

親戚筋とは言え、幕閣内で強面の一言居士で知られる氏鉄に手厳しく指摘され、そのうえ「知恵伊豆」と評判の信綱が遣ってくると知っては、重昌もじっとしていられなくなった。信綱の任命は幕府が自分を信用していない証であり、無能者の烙印を押されたも同然と思い込んでしまった。

こうなっては重昌も後には引けなくなった。信綱の到着前に決着を付けねばと気負い込み、元旦の朝、まだ暗い時分に、鍋島・有馬・松倉・立花を中核とする軍勢に城攻めを指令した。

だが、諸家の家老が延期を願い出ていたように準備不足は否めない。そのうえ纏まりに欠け、それを押しての作戦に無理があったのと相手方の反撃が厳しく、松倉・有馬勢は死傷者続出で前進できず、城攻めは頓挫してしまった。

　この事態に冷静ではいられなくなった板倉は自ら陣頭に立ち前進させようと試みたが、敵の反撃に恐れをなし誰一人として前進するものはなく、尚も下知を加えようとしていた矢先に城中からの銃弾に倒れた。

　板倉の死を機に諸勢は総崩れとなり、その日だけで三千八百あまりの死傷者が出たが、その中に松倉勢に加勢していた牢人二十名ほどが含まれていた。この戦（いくさ）で手柄を立て仕官しようと機会を狙ってのことであった。一揆蜂起を引き起こし立場上矢面に立たざるをえぬ松倉勢の損傷が激しく、それを補うため牢人衆が加えられていたのである。

　板倉重昌討死の報は各所に飛び、侮（あなど）り難い一揆勢への警戒心が芽生え始めていたが、信綱も佐賀藩領内で板倉戦死の最初の報せを受け取った。江戸へは副使石谷十蔵と松平甚三郎が急を告げる。

　板倉戦死と石谷・松平両名の負傷という報告が江戸に届くや、老中たちは一揆の団結の強さと籠城作戦の巧みさを思い知らされた。最早（もはや）、躊躇している時ではなかった。西国の大名を総動員させてでも、一気に原城を押し潰さねば幕府の威光に関わると、重鎮である細川忠利、鍋島勝茂、有馬豊氏、立花宗茂の四人を差し遣わすことを決める。それとともに、筑前博多の黒田右衛門佐忠之に出兵を命じ、九州の諸大名は即刻帰国させ国許での待機を指示した。

幕府から矢継ぎ早の指示が出されていた頃、有馬へ道を急いでいた松平信綱と戸田氏鉄は、正月三日島原に到着したが、板倉討死の詳細を聞かされ、容易ならざる事態の進行にさらに道を急ぎ、翌四日有馬表に着陣した。その間、信綱は重昌戦死と敗軍に思いを巡らせ、その原因を一揆を土民の集まりと侮り、攻撃を焦って墓穴を掘ったと結論付けた。

板倉が戦死したことで上使は空席となったが、誰も気に掛けてはいない。すでに老中松平信綱が着任しており、周囲も信綱の上使就任を当たり前のことと考え、伊豆守もその心算でいた。そして、敗軍の反省に基づき、信綱は新たに包囲陣を強化し、敵の食糧・弾薬の尽きるのを待つ持久策をとることにした。

着々と準備も進み、諸藩は命令の下るのをいまかいまかと待っていたが、信綱は攻撃命令を出さなかった。すでに四千近い死傷者が出ていて、これ以上の損傷は異国への外聞を憚(はばか)る事態ともなる。

百姓の集まりとは言え、崇拝する四郎時貞を中心として強固な絆で結ばれ、命を投げ出して城に立て籠もっている連中である。油断は禁物であった。当初強行突入を主張して止まなかった戸田氏鉄も、信綱に窘められたこともあるが、激しい戦闘を目の当たりにして持論を撤回せざるを得なくなった。それほどの激戦であった。

信綱が持久策を取ったいまひとつの理由は一揆の籠城作戦の真意を探ることにあった。どうして籠城なのか。それを見極めるため、キリシタンたちの動向を見守ることにした。些細な情報も逃さぬようにとの指示が出され収拾活動が開始された。その間、出陣を命じられた西国諸藩の軍勢が続々と原城下に集結し、その数は十万を超えていた。

その中に天草を辛うじて守り切った寺沢勢もいたが、藩主堅高を筆頭にいずれも諸藩の顔色を窺う冴えぬ表情が印象的であった。

諸藩集結と包囲態勢完了を確認したが、それでも信綱は城攻めを急がず、仕寄せ（前衛陣地）を固めさせ、疲労した将兵を休養させることに努めていた。キリシタンの動向把握の指示も九州諸藩に通達された。

それ以来、各藩は厳重な警戒態勢を敷いていたが、折しも、日向への道を急ぐ一人の男が熊本藩の警戒網に引っ掛かった。厳しい拷問に耐え兼ね、男は口之津のキリシタンで益田甚兵衛とも親しく、彼の指令で延岡に向かっていたと白状した。目的地延岡こそ原城の旧主有馬氏の領国である。予てより、熊本藩ではその延岡にキリシタン仲間が多く潜伏していると睨んでいたので、即刻、松平信綱へ報告の使者を送った。

熊本藩からの報告で、信綱は捕まった男が日向に潜伏する信徒の決起を促すために送り込まれた密使と直感した。これを受け、九州諸藩に領国での信徒決起を阻止すべく厳戒態勢を敷くように指示が出され、各藩はその対応に追われた。

だが、これがすべてとは思えなかった。一揆は手の内を曝け出してはいない。まだ何かあると信綱は感じていた。

それを裏付けるように原城では盛んに普請を続け、籠城態勢を強化しつつあった。徹底抗戦を貫くという態勢である。四郎の父甚兵衛が一時期、行方を晦ましていたという情報もあり、近隣諸国へはすでに決起の使者が送り出されている。となると、イエズス会の宣教師を護衛するポルトガルが最後の拠り所と考えるべきで、甚兵衛は長崎のポルトガル商館と連絡を取り合っていたのではないのか。

そこに辿り着くと信綱は宿直の若侍を呼び、

「即刻、熊本に使者を送り、捕えた密使の再吟味をさせるように」

との指示を出した。甚兵衛の命令を受けた密使が信徒を決起させるために、何か重要なことを語り掛ける予定であったに違いないと、思えてならなかったからだ。

信綱の予想どおりであった。日向への使者はポルトガルの援軍が春には到着するので、それまで持ち堪(こた)えるために戦いに加われ、と檄(げき)を飛ばす予定であったと白状したとのことであった。

やはり、籠城はポルトガルの援軍を期待してのことであった。城内でも春まで持ち堪えれば強力な船団が助けに来ると牢人衆が吹聴していた、という落人の申し立てと符合していた。戦意が一向に衰えないのも期待感がそうさせていたのである。

持久策にとって厄介な旺盛なる戦意を挫(くじ)くには、何が必要かと腐心していた信綱は、まず城内の人心を分断させることから取り掛かることにした。籠城の全員が大将四郎時貞に信服しているはずはない。家を焼き打ちにされ、家族を人質に取られて止むを得ず籠城している者もいると見ていた。

その者たちを離反させる必要がある。それを実行に移すため城内に矢文を打ち込み、彼らと遣り取りをしようと試みたのである。投降を願っている者たちへは城を逃げ出して来れば命を助けるが、宗門を立てあくまでも籠城に拘(こだわ)るものは成敗される、との硬軟使い分けての説得工作である。

また、信綱は正月半ばに着陣した旧領主有馬直純と協議し、旧臣や旧領民の説得のため有馬方より使者を出し、城方との交渉に当たらせることにした。立て籠もった全員が討死してしまえば、島原・有馬・天草の領民が絶えてしまう恐れがあり、領国経営に差し障りがでる、それだけは避けねばならない。

だが、城内からは、

「公方さまや地頭（松倉勝家）への恨みではない。キリシタンの宗門を立てさせていただきたい、ただそれだけである。宗旨以外の者を無理に引き入れたということはなく、我らは広大無辺の宝土を求めているだけである。城内の苦しみは天上の快楽と心得ており、逃げ出すものは一人もいない」

一向に動じる気配はなく、

「今生のことであれば、天下さまに背くこともなかったが、今度のことは後生のための一大事であり、天の遣いの御下知に従って一歩も退かず、後生の安穏を念願している」

不退転の決意と団結の強さを強調するばかりであった。

幕府にとって最大の関心事である大将四郎についても、

「四郎殿は生まれながらの才智を備えた天の遣いであり、我らが口にすべきではない」

と崇敬の念を隠そうともしなかった。

志操堅固な一揆勢に懐柔策は功を奏さず、厄介な敵という意識が刻み込まれ方針の変更を余儀なくされたが、キリシタンのことを詳しく調査していた信綱には想定済みのことであった。予てよりの計画で、一揆勢の戦意を挫くのに効果的な作戦を実行に移したのが何よりの証拠である。

それはキリスト教国の軍艦から、原城を攻撃させ、援軍への期待感を打ち砕くことである。オランダにその役割を担わせる算段であった。

五

十二月はじめ、幕府上使板倉の西下と無事の到着を祝う手紙を、長崎代官の末次平蔵経由で送った平戸のオランダ商館長ニコラス・クーケバッケルが、順風にもかかわらず程遠からぬ河内浦で、寺沢堅高を乗せた船が停泊しているのを目撃したのはその数日後のことであった。

すでに島原城と天草富岡城を攻め切れなかったキリシタンを含む一揆勢が南有馬の原城に立て籠もり、抵抗を続けていることは承知していた。西国諸藩からの火薬等の注文が増えていたので、戦いが激しさを加えているであろうことも想像が付いた。にも拘らず、四、五日も停泊を続ける堅高の不可解な行動を訝り、日記に認めたのである。

板倉への手紙にお役に立つことでもあればお申し付けくださいと認めたのは、江戸にいた時に世話になったことがあり、あくまでも儀礼的な挨拶程度の心算であった。だが、商館長の真意がポルトガル追放と幕府との交易拡大にあると見抜いていた平蔵は、手を替え品を替えクーケバッケルに圧力を加えてくる。

幕府との交渉を上手く遣るには幕府要人の機嫌を取る必要があると彼に勧める一方で、幕府側には自分の計らいでオランダに援助を求めることができると仄めかすなど、両者を手玉に取る強かぶりを発揮していた。

無視できぬ平蔵の存在には戸惑いがあったが、彼との一定の距離を保ちつつ島原の成行きを見守っていたクーケバッケルの身辺にも、知らず知らずのうちに戦乱の影響が忍び寄り始めていた。

まず、米の入手にも事欠くようになったことである。それまで長崎で買い入れてきたがそれも幕府の命令でできなくなり、他所の土地で購入しなければならなくなった。また戦闘が本格化するにつれ、大名たちへの貸金の取り立てが難しくなるなど、日常生活にも支障を来す事態となってきた。

一日も早く元の状態に戻るのを商館長自身が願ったのも当然のことだが、彼の手許に平蔵の手紙が届いたのは十二月半ばのことで、それ以降、ずるずると戦いの渦中に引き摺り込まれていった。

平蔵の指示でかなりの量の火薬を急ぎ納め終わると、平戸の松浦家から上使板倉と長崎奉行榊原職直（もとなお）名で、大砲五門に弾丸と火薬を添えて、直ちに有馬の陣へ届けるようにとの指令があったと伝えてきた。それで平戸河内浦に停泊中の船から大砲を降ろし、松浦家役人に長崎まで搬送方を依頼したのだが、その注文品の到着前に板倉戦死という事態となったのは痛手であった。板倉を頼りに幕府中枢への接近を目論んでいたからである。

平蔵が板倉の後任が老中松平信綱であることを知らせてきたのは、クーケバッケルの心中を察してのことだが、それとともに彼との関係を円滑に保とうとしたためである。平蔵の父が交易を巡ってオランダと衝突し、その追い落としを企てたことがあり、関係修復の意味もあった。

それで平蔵はクーケバッケルに信綱と氏鉄の着陣を知らせ、表敬訪問をするように勧めてきたのだが、伊豆守の一行が長崎に立ち寄らず、直接有馬に着陣したため果たせなかった。

だが、板倉討死のほとぼりも冷めぬうちに松浦家経由で伊豆守から、平戸にあるすべてのオランダ船に大砲を添えて有馬表へ回航するようにとの指令が伝えられてきた。停泊中の船は出帆予定であったため、全船徴発という指示に当惑したが、クーケバッケルには幾度となく修羅場を潜り抜けてきた経験がある。徴発を免れるべく、自国の東インド会社の本拠地バタビヤに向け急遽出帆させ、松浦藩にはすでに一艘は平戸を離れてしまったので停泊中の船を有馬に差し向けると話を取り繕った。

機転を利かせ一艘をバタビヤに向け船出させたクーケバッケルは、もう一艘に乗り込むと有馬に向かい、正月十一日に原城の沖合に到着した。

早速、謁見のため信綱・氏鉄のところへ出向いたが、氏鉄から先に送り届けた大砲の設置場所の調査と設置を命じられた。

場所を確定し五門の大砲の設置が終わると今度は伊豆守が、

「原城への砲撃を行おうと思う。協力を願いたい」

言葉は穏やかだが、有無は言わさぬぞとばかりに聞こえた。クーケバッケル自身、断り切れぬ自分を意識したのは、幕閣での名声が鳴り響いていたこともあるが、「知恵伊豆」

と謳（うた）われる信綱には威厳があったからである。

断れば追放の危機に瀕するポルトガルと同様の憂き目に会うかもしれぬ。信綱にはそれだけの権力がある。その恐れが承諾と受け取られる態度を無意識のうちにさせていた。

「では宜しく頼みますぞ」

断れるはずはないし、断られても困る。信綱の正直な気持ちであった。オランダもポルトガルもキリスト教国である。伊豆守は同じ宗旨に属するオランダがキリシタンを攻める効果を分かっていて、敢えてオランダに攻撃させせようとした。キリシタンに与える精神的打撃を承知の上での協力要請である。

一方、クーケバッケルは伊豆守が自分を試しているのだと感じていた。

断れば今までの苦労が水の泡となる。だが、ポルトガルはオランダが敵対するスペインの属国であり、本国もポルトガルに止めを刺すのに反対するはずはない。また、一揆に加わるキリシタンもポルトガルを動かすイエズス会の教えに従う信徒たちであり、クーケバッケルには攻撃を躊躇する理由は何もなかった。

オランダは自国の砲手を配置し、船からも砲撃を開始した。連日の攻撃は原城にかなりの被害を与える結果となったが、オランダに攻撃させた彼の戦略は甚大な被害を被った籠城側は勿論のこと、攻撃方の諸大名たちからも不評であった。細川忠利などは外国の手を借りなくとも自分たちだけで攻め落とせると、信綱の戦略に異議を唱えていた。

信綱も批判されるのは承知の上であったが、オランダに攻撃させたことで目的は達していた。キリスト教国はキリストを信じる者に刃を向けるはずがない、という籠城組の信念を打ち砕いたのである。信念が崩れれば連帯感は失われ脱落者が出るであろう。オランダもこちら側に加担し、これからも幕府の指示に従うことは疑いの余地がない。あとはポルトガルの動向だけであった。

だが、マカオからにしろマニラからにしろ、西からの風が吹かねば船は日本まで遣ってくることはできず、その時期は春まで待たねばならない。それは逆に船団の到着前に原城を陥落させてしまえばすべてが終わるということを意味している。日本に向かうポルトガル船をオランダ船に待ち伏せさせ、撃沈するという選択肢もある。

信綱の頭の中で何かが鋭く回転し、整理されつつあった。一揆鎮定とその後の戦略である。考えが固まると信綱は即座に行動を開始した。まず、大名衆に不評のオランダの参戦は取り止めにし、砲撃の任務も解く。砲撃に因る功績については江戸表に報告し、信頼に値すると付け加えておくことにした。

任を解かれたクーケバッケルは、その後参府のため、有馬を離れ江戸に向かうことになった。

オランダの指導がよかったのか、砲撃の精度は向上し成果を上げつつあった。もう協力がなくても戦況に影響はなさそうである。二月半ば頃まで継続すれば、敵の戦意は失われ落城は目前に迫っていよう。そこを一気に攻め込む。ポルトガル商館も厳重な監視下におき、支援に動かぬように圧力を加えれば、撤退するしか手はなくなる。

信綱の作戦は効果を発揮し始めていた。砲台からの攻撃が継続されていた二月半ば、鍋島の陣から打った砲弾が四郎時貞の袖を裂き、老臣や傍にいた者数名が即死した。四郎の身辺にも危機が迫り、動揺が広がっているとの落人の証言もあった。神聖にして不可侵の存在であるべき四郎にも危難が及ぶに至り、城中ではもはやデウスの加護は失われ、キリシタンの滅亡が近づいたと噂が飛び交っているとのことであった。

落城は時間の問題であったが、それでも信綱は城への攻撃を控え、ある人物の到着を待っていた。歴戦の古強者(ふるつわもの)水野日向守勝成(かつなり)から話を聞くように、との将軍家光の指示があったからだ。

さすがに勝成は幾戦場を潜り抜けてきた勇者だけのことはあった。即座に編成軍の不統一を見抜き、攻撃を開始しようと逸(はや)る信綱を窘めた。城攻めを容易に同意しなかったのは攻撃方が心を一にしなければ攻略は難しいことを知っていたのである。

勝成が指摘したように、心を一つにしなければ攻略が為らぬことは信綱にも分かっていた。諸家が互いに功を競っているばかりでは、連帯感は生まれるはずはない。それを形成するのが総大将である己の責務である。腹の決まった信綱は軍議を開き、二月二十六日をもって城攻め決行を指示した。将軍家の覚え愛でたく、幕閣の有力者でもある信綱は指導力を発揮し出したが、老中という立場がそれを後押ししていた。

次々と指令が伝達され、城攻めの機運は弥(いや)が上にも盛り上がりを見せ始めていた。諸藩は総攻撃の準備を整え出撃の合図を待っていたが、夜半から降りだした激しい雨は朝になっても止まなかった。その雨の中を城から逃げ出してきた十数名の女と子供たちを捕えたが、いずれも身形(みなり)の良い者たちばかりで四郎の身辺に侍る者たちであった。中でも男の子らは四郎の小姓で、食べるものがなくなったので逃げてきたと語った。

突入の好機が巡ってきたが、激しい雨は降り続き決行は困難であった。そこで、改めて軍議を重ね二十八日に延期と決まったが、燃え上がった諸家の士気を軍律や統制によって抑え込むことはできなかった。予定日の前日二十七日、長崎奉行榊原飛騨守の手の者が先駆けして城に攻め込むと見た鍋島勢が、先手を打って出丸へ攻め込み総攻撃の火蓋が切って落とされた。それを契機として、各藩の軍兵は雪崩を打ったように城に殺到した。

迎え撃つ一揆勢は籠城に日を重ね消耗が激しく疲弊していた。そこへそれまでの鬱憤を晴らすかのように功名心に逸る武士たちが突入してきた。英気を養い総攻撃に備えていた幕府軍は数で圧倒し、押し捲り切り捲った。一揆勢は女たちまで動員し防戦に努めたが、翌日の二十八日までに全滅し、大将四郎時貞も乱戦の中で討たれ死んだ。城方が待ち焦がれていたポルトガルの援軍は遣って来なかったのである。

一揆殲滅（せんめつ）後も、幕府はキリシタンとポルトガルの連携を疑い警戒を続け、長崎のポルトガル商館の前に四郎と一揆首謀者の頸を晒し、ポルトガルへの見せしめとし圧力を加えていたが、警戒は無意味ではなかった。マカオのイエズス会は有馬の状況を把握していて、援軍派遣が議論されていたからだ。

だが、それも原城の陥落で無に帰してしまった。

六

四か月に及ぶ一揆勢の戦いも、十二万という幕府軍の前に刀折れ矢尽きて壊滅した。激戦の跡も生々しい軍場（いくさば）は、夥（おびただ）しい死体で足の踏み場もなかったが、勝者たちは陣没した仲間たちを懇（ねんご）ろに弔うも、敵方には目もくれなかった。亡骸は無造作に投げ捨てられ放置されたままであった。

そして、帰国を許された各藩兵はそそくさと南有馬を去っていったが、大名たちは家臣と別れ豊前小倉へ向かった。下向途上の将軍の特使若年寄太田備中守を出迎えるためであった。その中に寺沢堅高もいたが、役目を果たし安堵感漂う大名衆とは趣を異にし、叛徒決起を防げなかった堅高には緊張の色があった。

四月四日、小倉城に到着した太田資宗（すけむね）は、諸将の働きを労（ねぎら）う将軍家の言葉を伝えたが、中でも四郎時貞の頸をあげた熊本藩は、藩主細川忠利が将軍家光からお褒めの言葉を賜り大いに面目を施した。

これを以て一揆討伐も幕引きとなり大名衆は帰途に就いたが、松倉勝家と寺沢堅高には暫時待機の指示があった。

一時間ほど後に呼び出された二人に、

「松倉長門守と寺沢兵庫頭の両名は、追って沙汰あるまで領国にて謹慎申し付ける」

大目付からの申し渡しがあったが、その時の松倉勝家は見苦しいほどに動揺していた。横で聞いていた堅高が冷静を装っていたのは、勝家のような惨めな姿だけはみせまいと己に言い聞かせていたからである。

謹慎を命じられた以上、両家とも無傷では済まぬ。領民蜂起のきっかけをつくった松倉には厳罰が下されるであろうことは、江戸城中でも評判になっていたので予想は付く。攻め込まれ隣藩に救援を要請したことも武家諸法度に違反し、幕府の心証を悪くしていた。

松倉とは対照的に、こちらは富岡城を攻められはしたが救援要請もせずに自力で叛徒を駆逐したし、幕府の方針にも従ってきた。父広高がキリシタンへの対策が甘いと指摘され不興を買ったことがあり、その轍を踏むまいと手抜かりなきように慎重に対処してきた心算である。厳しい対応で評判の松倉には及ばぬとしても、指摘されるような落度はなく天草も死守しているのに、謹慎の上に沙汰待ちとは納得がいかなかった。

唐津への帰途、堅高はどのような処分が下されるのか、そのことばかりを考えていた。何の懸念もなければ行く先々の風景を愛でる凱旋の旅となったであろうが、その余裕すらなく帰国の旅は終わった。

一年ぶりの唐津は何もなかったかのように平穏で、目の前に松林を背景とした長く続く美しい砂浜が広がっている。だが、一幅の絵画のような白砂青松も堅高の心を和ませることはなかった。やがて届くであろう幕府の命令のことを思い煩っていたのである。

そして、一か月ほどが経過した五月初め、ついに出頭命令が届いた。それまでの間、最悪の事態を思い描いていた堅高は憔悴し床に臥す日もあったが、命令書を受け取っては逃げ隠れもできず、無理を押して出立した。

追い打ちを掛けるように、旅を急ぐ堅高一行に松倉勝家の消息が聞こえてきた。幕府の裁定は島原藩六万石は改易、長門守勝家は美作の森長継に、弟右近重利は讃岐の生駒高俊へお預けの身、という想像を超えた厳しいものであった。

この報せが堅高を不安に陥れた。お預けとは聞こえはよいが、いずれ切腹の沙汰が下る前提の処置であろう。無責任な批評と聞き流していたが、松倉の御家は改易、身は切腹とは下向前の江戸城中での取り沙汰と同じであった。ということは、公儀は領国の仕置宜しからずと見て、すでに鎮定後の処分も決定していたということになる。噂はその筋から敢えて流されたものに違いなかった。

激しい弾圧も領民が抵抗せぬうちは見て見ぬ振りだが、一揆決起が現実のものとなれば無事では済まさぬ。両家とも幕府の真意を見抜けず、墓穴を掘っていた。勝家は禁教令の徹底に邁進し、弾圧を加えるのに迷いはなかったから厳罰は覚悟の上であろうが、堅高は松倉や幕府の方針に引き摺られ迫害を加えてきただけに悔いが残った。

五月半ば、不安に苛まれながらの旅も漸く終わりを迎えようとしていた。唐津を発って十五日目、堅高は唐津藩江戸屋敷に入ったが、家臣たちが沈んだ表情で出迎えたのは、松倉家改易の衝撃が原因であった。そして、藩主到着が幕府要路に報告されると、はやくもその二日後、堅高は江戸城に呼び出され、

「領国の仕置宜しからず。因って天草四万石は召し上げとし、江戸在府を申し付ける」

との申し渡しを受けた。この裁定に堅高や側近たちは不満であったが、天草召し上げで済んだのは松倉家に比べ温情あるものであった。その後、松倉勝家が斬首されたとの噂が流れると燻っていた不満は霧消し、恭順の意を表すことに汲汲とするようになった。

明暗を分けた裁定に世間は関心を寄せたが、このような違いとなったのは、寺沢家重役の決死の戦いぶりを高く評価する将軍の傍近くに仕える人物が老中に働き掛け、その意見が裁定を導いたと実しやかに噂された。また、討死した重役が三宅藤兵衛であったことが判明するや、光秀の血を引く名誉の武士と江戸市中で賞賛の的となった。

奇しくも藤兵衛が言い残していったように、藩重役が捨石となって城兵を鼓舞し、富岡

城さらには天草を守り通したのが重要な意味を持つこととなった。城代自らが打って出て討死した事実は重かったのである。

逆に、松倉家では重役に戦死者はおらず、援軍の来るのを城門を閉じて待っていた、と判断され心証を悪くしていた。それが影響したのか、島原で領民を決起させたのも度を過ぎた迫害と弾圧が原因であったと総括された。

寺沢家には世間を憚る安堵感が広がっていたが、堅高は天草没収に拘り続けていた。そして、唐津城でのあの場面を思い出していた。

「領民たちに施しをして貸しをつくる。彼らがそれに応えようとする時が必ず遣ってまいります」

何故、藤兵衛の年貢減免の進言を却下してしまったのか。いまとなっては手遅れであったが、悔やまずにはいられなかった。硬軟使い分けた対応をすれば、この事態は避けられたかもしれなかったからだ。

だが、当時の堅高は幕府の意向ばかりを気に掛け、原田伊予たちの発言を鵜呑みにして領民を追い詰め、死を覚悟の決起に走らせてしまった。身から出た錆とはいえ、その危機を身を挺して救ってくれたのが藤兵衛であった。

忠臣を失った悲しみと後悔に苛まれ日々を送っていたが、堅高の身辺には暗雲が迫りつつあった。自らを戒め外出も控えていたが、頃合いも良しと江戸城へ上ろうとした時、

「お許しあるまで出仕罷りならず」

幕府は出仕差し止めという厳しい処分を突きつけてきたのである。城中に上がることもできなかった堅高は、登城してきた大小名たちを避けるように逃げ帰ってきた。

その様子を聞いた家老は公儀の意図を計りかねていた。天草の没収でことは決着のはずだが、出仕差し止めとはどういう訳か。何としても幕府の真意を探れねばと、他藩の留守居役や顔見知りの旗本にも探りを入れたが、手掛かりは摑めなかった。

重苦しい雰囲気の中、家中の焦燥感は募っていったが、情報収集の甲斐あって出仕差し止めの訳が明らかになった。天草四万石没収で決着とみえたが、異論が提起され、一揆蜂起を阻止できなかった責めとして、出仕差し止めが相当との決定がなされたという。改易、藩主断罪という厳しい処分の松倉家との釣り合いを考慮せねば、という意見を無視できなかったのである。

頸は繋がったものの出仕差し止めは生殺しも同然で、堅高は武士としての面目を失い、家臣も江戸屋敷で逼塞（ひっそく）状態におかれていた。藩重役は事態打開を図ろうと幕府要人との接

触のため奔走したが、ようやく解決策と成り得るものを知ることができた。

だが、勘気を解く唯一の策が隠居願いというのは藩にとっては致命傷となり兼ねない。堅高には子がなかったからである。仲睦まじかった江戸表の正室岡部氏は早世し、継室相馬氏との間にも子がなく、国許の側室たちに懐妊の兆候はない。ただ、藩主はまだ三十前であり可能性は残されている。家臣一同、藁にも縋(すが)る思いで男児の誕生を心待ちにしていた。

家臣たちに高まる期待とは裏腹に、堅高は弱味に付けこむ幕府の遣り口に追い詰められていく自分を意識していた。跡取りのないのを承知していながら、隠居願いが最後の望みと謂わんばかりの仕打ちに、公儀の底意地の悪さを思い知らされた。これでは、子ができたとしてもどんな難癖をつけてくるか分かったものではない。振り回された挙句、見捨てられるかもしれぬ。

堅高が不信感を強めていたように、幕府方もまた唐津藩の動向に注目していた。藩主となってすでに五年が経っていたが堅高には子はなく、これからもできぬであろうと幕府はみていた。それを家臣の子を藩主の子と偽って苦し紛れに申告せぬとも限らぬ。

抑々(そもそも)唐津藩の存続など幕府の視野にはない。富岡城を攻められる事態を引き起こしたのに天草四万石の没収で済ませたこと自体、他の大名へ示しがつかぬ。余計な口出しでそうなったが、いずれは落度を探し出し改易に追い込む。それが公儀の本音であったが、唐津藩では誰一人として、そこまで見通せる者はいなかった。

一年が経ち二年目も暮れようとしていたが、一向に勘気は解けず出仕差し止めは続いていた。まさに生殺しであった。藩を上げて待ち望む男児誕生も筋書どおりには運んではいない。堅高も重圧と戦っていたが、幕府の掌で踊らされる自分が滑稽に思えると同時に虚しさを実感するようになった。使い捨てにされようとしている自分に気付いていたが、それを躱（かわ）す術を知らなかった。

しかし、四年目を迎えようとしていた年の暮れ頃から、堅高は跡取りの一件や出仕差し止めが耐え難い重圧となって、精神の安定を欠くようになった。夜中、頻りに譫言（うわごと）を言うようになったと、寝所に侍る宿直の侍たちの報告もある。

心配した老臣が藩医に相談したが、

「殿は気鬱の病に掛かっておられる」

それからの堅高は何かに怯えている様子が誰の目にも明らかになった。

「十字架を背負ったキリシタンどもが襲ってくる」

などとあらぬことを口走るようになり、目は落ち窪み、頬はこけてきた。

「これではお許しが出ても、出仕は難しくなったな」

家臣たちは変わり果てた堅高を見て、藩の行く末を心配し始めていた。

家中の動揺と落胆を察知した家老は箝口（かんこう）令を敷き、外部に情報が漏れるのを防ごうとしたが、その様子は公儀に漏れていた。商人に成りすました密偵が屋敷に出入りし、逐一報告に及んでいたのである。

報告書を読んだ幕府役人が笑いを堪えるのに苦労したのは、あまりにも思い描いた筋書どおりであったからだ。あとは自分の意思でどう動くかだが、堅高が自害し跡取りのない無嗣廃絶が最良の結末である。発令済みの裁定を無視するのは好ましいことではなく、あくまでも堅高の意思で最期を迎えさせる。精神に異常を来したとあれば、子ができる可能性は限りなく低くなった。これで唐津藩改易の道筋が整ったのだが、そのための出仕差し止めでもあった。

陰険な企みが進行していたが、唐津藩が察知することはなかった。知ったところで、成り上りの寺沢家には親しい頼れる有力大名がいない。三宅藤兵衛が存命であれば、親戚筋の細川忠利に縋り、幕府への執り成しを依頼できたかもしれぬが、それもいまとなっては叶わぬことであった。

年とともに藩中には諦めの空気が漂い始めていた。他家との付き合いも遠慮せねばならぬ状況は変わらず、世間から隔離されたも同然であったが、何故か、公儀からの干渉はなく家中もその状態に馴れ親しんでいたが、結末は唐突に訪れた。

一揆鎮圧から九年目の正保四（一六四七）年、堅高は伸し掛かる重圧に耐えきれず、後先も考えず出仕差し止めの解けぬまま、江戸浅草松が谷の海禅寺で自ら命を絶った。藩挙げての男児誕生の期待に応えられず、家臣一同を御家断絶という絶望的状況に落とし込んで顧みることができなかったのである。これは幕府が待ち望んでいた最良の結末であった。

一揆決起という不始末を招いた松倉勝家と寺沢堅高が世を去り両家とも断絶したことで、幕府にとって真のキリシタン一揆の幕引きとなった。そして、動員兵力十二万四千、三十九万八千両という巨費を投じて鎮圧した叛徒決起を、幕府は大名統制に最大限利用した。

それを推進したのが乱平定の功績により、忍（おし）（行田（ぎょうだ））三万石から加増され、川越六万石の城主となった松平伊豆守信綱である。

信綱は各地に送り込んだ間者からの情報で、隙あらば徳川家にとって代わろうとの野心を秘めた大名たちの存在を知っていたが、彼らも真意を秘た隠しにして正体を表そうとはしなかった。一筋縄ではいかぬ彼らを追い詰め、正体を暴こうと落度を探っていた時に、島原の乱が勃発した。

これを好機とみた信綱は、板倉重昌の戦死後、討伐軍の司令官に就任し全軍を指揮して一揆を殲滅・鎮定し、幕府への抵抗の空しい結末を大名衆に見せつけた。それに加えて、平定後に松倉を改易並びに藩主断罪に処し、寺沢も出仕差し止めとしたことが大名たちへの圧力となり、彼らの心胆を寒からしめるのに効果的であった。

そのうえ、幕府は島原・唐津両藩を領国経営の失敗の見せしめとし、領民決起をキリシタン蜂起にすり替え、その本質から世間の目を逸らした。さらに禁教令を徹底すべく寺請制度を設けることで領民を寺院の管理下に置き、島原の乱をキリシタン抹殺に利用しつつ幕藩体制の確立と、鎖国（オランダ・中国とは通商）への道筋を立てることに成功した。その政策を推し進めた信綱を筆頭とする老中たちの勝利であった。

だが、キリシタンたちも島原の乱の失敗の反省から、寺請制度を逆手にとって幕府の弾圧を躱すため仏教徒を装い、隠れキリシタンとなって地下に潜伏して生き延びる道を選択した。また、大名たちも松倉・寺沢両家の轍を踏むまいと賢く立ち回り、表面的にはキリシタン撲滅の姿勢を崩さず、裏では信徒への黙認と手加減で領国経営を破綻から守ることに努めた。

最後に幕府に協力したオランダはどうなったか。原城攻撃など協力を惜しまなかったオランダはポルトガルとの競争に勝利し、中国とともに幕藩体制下の日本との貿易を独占することに成功する。その礎を築いたニコラス・クーケバッケルは島原の乱の後、フランソワ・カロンに商館長の席を委ね、バタビヤに戻り次いで故国オランダに帰った。そして、日本を含む東インド会社での功績が評価され、故郷デルフトの評議員となって彼の地で生涯を終えた。そのデルフトで、オランダ美術を代表するフェルメールが活躍するのはその少し後の時代である。

了

主要参考文献

天正遣欧使節（松田毅一著　朝文社）
南蛮の世界（松田毅一著　東海大学出版会）
千々石ミゲルの墓石発見（大石一久著　長崎文献社）
クアトロ・ラガッツィ（若桑みどり著　集英社）
天正少年使節の中浦ジュリアン（結城了悟著　日本二十六聖人記念館）
キリシタンになった大名（結城了悟著　聖母の騎士社）
二十六聖人と長崎物語（結城了悟著　聖母の騎士社
キリシタン史考（H・チースリク　聖母の騎士社）
ルイス・デ・アルメイダ（森本　繁著　聖母の騎士社）
金鍔次兵衛物語（水浦久之著　聖母の騎士社）

関連系図

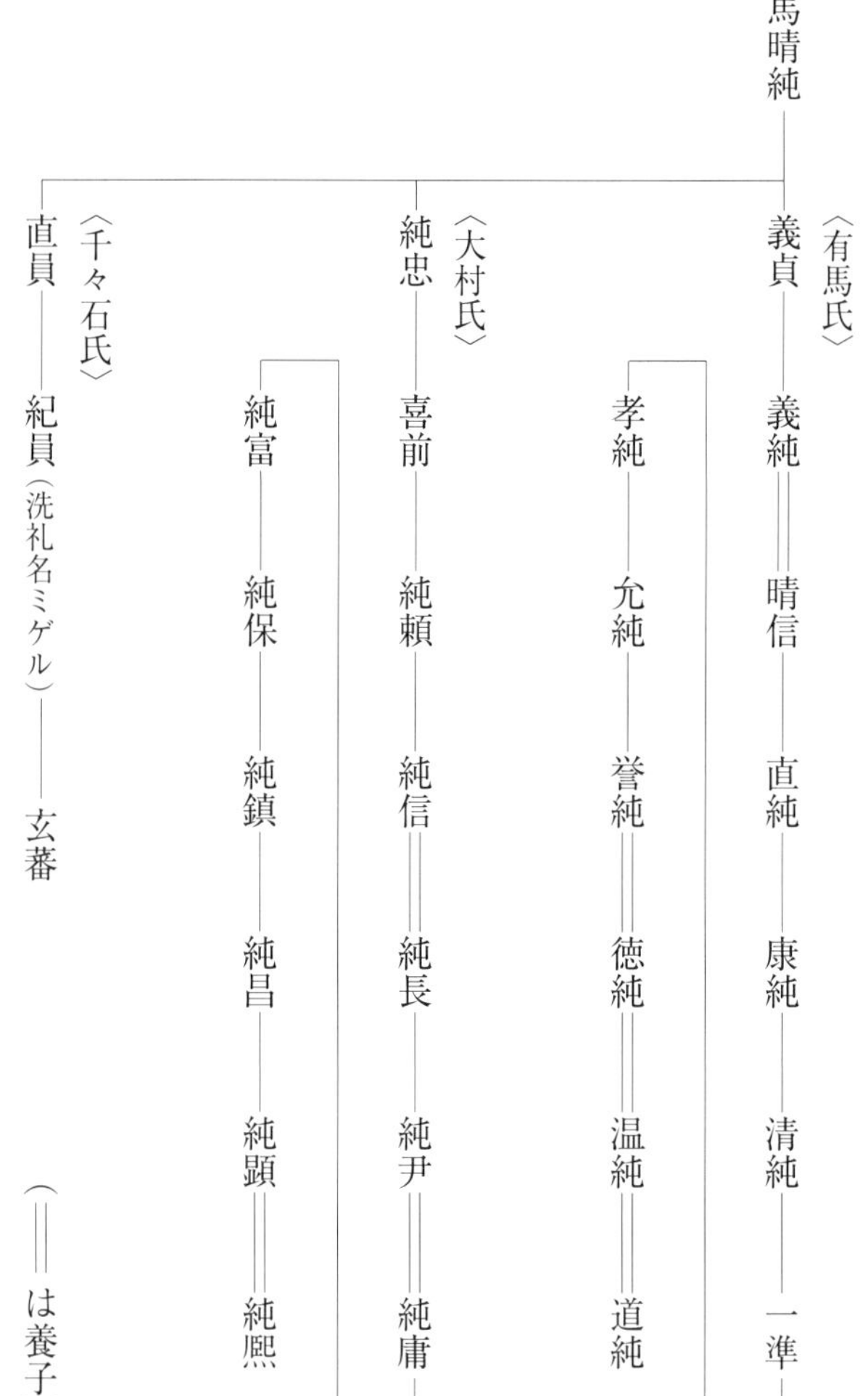

有馬晴純
〈有馬氏〉
義貞
義純
晴信
直純
康純
清純
一準
孝純
允純
誉純
徳純
温純
道純
〈大村氏〉
純忠
喜前
純頼
純信
純長
純尹
純庸
純富
純保
純鎮
純昌
純顕
純煕
〈千々石氏〉
直員
紀員（洗礼名ミゲル）
玄蕃
（‖は養子）

関係図

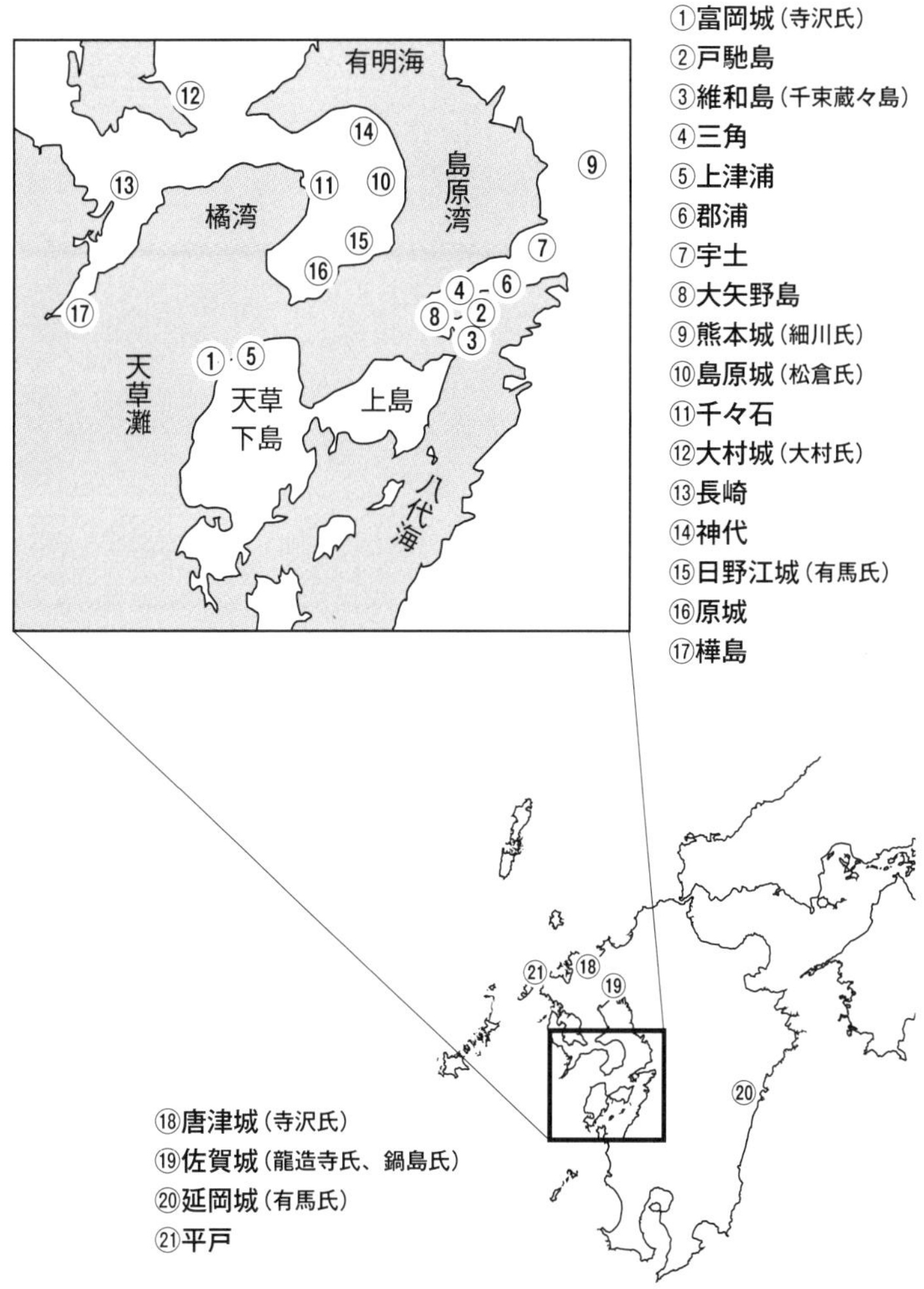

①富岡城（寺沢氏）
②戸馳島
③維和島（千束蔵々島）
④三角
⑤上津浦
⑥郡浦
⑦宇土
⑧大矢野島
⑨熊本城（細川氏）
⑩島原城（松倉氏）
⑪千々石
⑫大村城（大村氏）
⑬長崎
⑭神代
⑮日野江城（有馬氏）
⑯原城
⑰樺島
有明海
島原湾
橘湾
天草灘
天草下島
上島
八代海
⑱唐津城（寺沢氏）
⑲佐賀城（龍造寺氏、鍋島氏）
⑳延岡城（有馬氏）
㉑平戸

［著者略歴］

柿崎　一（かきざき　はじめ）

1946年　神奈川県生まれ
慶応義塾大学法学部卒業
神戸市在住

著書
『義昭出奔　大覚寺門跡始末記』（2005年、文芸社）
『嘉吉残照　大覚寺義昭側近円宗院の軌跡』（2022年、鉱脈社）他

キリシタンのはなし

二〇二三年五月三十日　初版印刷
二〇二三年六月十八日　初版発行

著　者　柿崎　一 ©
発行者　川口敦己
発行所　鉱脈社
〒八八〇-八五五一
宮崎市田代町二六三番地
電話　〇九八五-二五-一七五八
郵便振替　〇二〇七〇-七-二三六七

印刷　有限会社　鉱脈社
製本　日宝綜合製本株式会社